风中密码

——那些青春中亲切美好的故事

张觅／著

北京工业大学出版社

图书在版编目（CIP）数据

风中密码：那些青春中亲切美好的故事 / 张觅著. —北京：北京工业大学出版社，2015.9

ISBN 978-7-5639-4402-6

Ⅰ. ①风… Ⅱ. ①张… Ⅲ. ①散文集—中国—当代 Ⅳ. ①I267

中国版本图书馆 CIP 数据核字（2015）第 182205 号

风中密码——那些青春中亲切美好的故事

著　　者：张　觅
责任编辑：贺　帆
封面设计：尚世视觉
出版发行：北京工业大学出版社
（北京市朝阳区平乐园 100 号　邮编：100124）
010-67391722（传真）　bgdcbs@sina.com
出 版 人：郝　勇
经销单位：全国各地新华书店
承印单位：北京建泰印刷有限公司
开　　本：787毫米×1092毫米　1/16
印　　张：16.75
字　　数：178 千字
版　　次：2015 年 9 月第 1 版
印　　次：2015 年 9 月第 1 次印刷
标准书号：ISBN 978-7-5639-4402-6
定　　价：30.00 元

前　言

每个人的青春，都大抵相似。遇见一个人，邂逅一段情怀，走进一个故事，从此青春变得轻灵曼妙地梦幻起来。年少时，你曾经无意中把那段朦胧心事丢入风中，很多年之后，你是否还能记起，那藏匿于风中的密码?

本书收入了作者近年来在各大报刊上创作发表的数十篇青春美文与校园小说，以及部分最新力作。书中内容共分为“听说少年清澈如昨”、“一个人的童话之约”、“流水的光阴”三辑，书里有作者所能想到的有关于青春的美好意象，例如青草、单车、白衬衫、木吉他、下雨的屋檐、午后的阳光，以及初春的樱花、盛夏的香樟、深秋的枫叶、初冬的新雪……还有那爱情初萌发时，那乍喜还忧、怔忡不安，却又甜蜜得忍不住微笑起来的心情。

书中的一个个故事，娓娓道来的，是青春中那一段段值得永远珍视的情怀。那些白衣飘飘的日子，那些美好纯净的光芒，那些温暖心灵的话语，是美玉般温润细腻的光阴，是锦缎般光华灿烂的岁月。无论是惊鸿一瞥、风过无痕，还是峰回路转、再度邂逅，都是无与伦比的美好感觉，一生一世，永不能忘。

读着这些小文，能在某一个瞬间，如一簇火苗一般，悄然点亮你心房中的那盏灯；能让你忆起，生命中那些如落落野花一般亲切的往事；能让你拾起，那曾丢于风中失落已久的美好情怀。

目　　录

听说少年清澈如昨

一个人的童话之约

流水的光阴

听说少年清澈如昨

听说少年清澈如昨

浸满橘香的遇见

中学的学校，是一所百年名校。学校郁郁葱葱的，就像一个古老的植物园。

校园的围墙那头，是一片橘林。入校不久，正是秋天，墨绿的叶间，金红色的小橘子若隐若现，如同一盏盏玲珑剔透的小灯笼。

看得男生们心里痒痒的。他自然也是。

体育课，跑过八百米，大家坐在地毯一样的茵茵草地上休息。凉风忽而吹过面庞，他隐约听到她清脆的声音：“是啊，我也最爱吃橘子了……”他不觉转过头，女孩子穿着清爽的白 T 恤，微风正吹起她的乌发，拂出那张生动的脸。他心里微微一动，是她。

他当然记得第一次看到她的场景。

他喜欢晨跑，就在第一天来校晨跑的时候，也是在这茵茵草地旁，他见到了一个女孩。她有着清新而又倔强的轮廓，令他不由得怔住，心湖微荡。

她穿着清爽的 T 恤和短裤，有着利落的短发和干净的白球鞋。

她见他看着她，很大方地抿着嘴儿一笑，然后跑了过去。

于是，他心里很温柔地动了一下，宛若橘子的清芬弥漫心间。

上课了才发现，原来这个清爽的女孩就在同班。

顷刻间，喜悦漫天铺地而来，如同樱花最烂漫的季节，只要风轻轻一吹，洁净细小的粉色花瓣就飘散在整个天空。

终于有一天，不知哪里来的勇气，他主动提议，男生们翻过围墙去。

站在橘树林中，满身都浮动着让人心神疏朗的清香。他心里却突然浮现出她的眉眼来，含笑的、生动的、清爽的。就在那么一个清凉的早晨，他碰到了那个清爽的女孩，从此念念不忘。

他们摘了很多金红色的小橘子，用衣服兜了。他找到守橘园的老人，付清了钱款。老人笑道："你们这些孩子就是爱闹，等橘子上市去买不是一样，还跑过来自己摘。"

他只是笑。

不一样，感觉完全不一样。

大家都回去了，而他跑到女生宿舍楼下。

她下楼来了，看到香樟树下的那个少年，眉眼俊朗，含笑望着她。那笑容，是那么干净，仿佛散发着淡淡清香。

她低着头，提着裙角，小心地单足跳着走近。早晨的草地上遍是晶亮的露珠，沾湿了她光洁的脚背。有细碎的轻响，如音乐一般，不知道是露珠坠地的湿音，还是心中花儿绽放的声音？

他始终只是微笑着，忽然伸手，朱红色的小橘子，便跃入了她的掌心。她惊喜地抬头，看见他明亮的眼睛，亮得好似她手中带着露水的橘子。

她含笑着接过橘子，他却傻傻地看着她。她一低头时的羞涩，让他想起清晨跑步时，从林荫道的青碧树叶上滴到他头上的清澈水滴。

橘子很小，在女孩洁白的掌心滚来滚去，极是可爱。

室友们看到这么好玩的小橘子，都围过来了。

很甜，清凉多汁。

她心中忽然有了某种微妙的感觉。

放学时，她禁不住也去了橘园。橘园的围墙有一个小小的铁门，和蔼的老人看她在外面只是隔着铁门静静地看，于是好心地开了门让她进来。

纤长的手指抚过褐色的树皮，想象着他爬树，蹙着眉要摘到那个金红色的橘子，线条明朗的脸上显现出孩子的欢喜。

于是，她仰起头，在青色的阳光下，不由自主地微笑。

在橘园里徜徉，风拂过来，橘叶沙沙地轻响。闭上眼睛，只是沉醉。

如此许久。

当他第十次把橘子递给她时，他们相视而笑。像是有一种默契似的，他们恋爱了。

在十几岁的时候，比爱情浅上几层的喜欢，却足以把整颗心装满。

那时侯的喜欢，简单到没有理由，纯美且清香。

不过是一起做题，一起回家，一起散步，在学得头昏脑涨之时彼此相望、彼此微笑而已。

却是心满意足，仿佛整个世界如同一个小小的清甜多汁的金橘，可以轻易地握于掌心。

绿意浸人的林荫道，喷泉流珠泻玉，蝉鸣，鸟儿偶尔的清啼，云卷云舒……他们并肩走着，不知多少个来回。

当然还有橘园。那个对他们来说具有特殊意义的弥漫清凉香味的地方。

一个夏日的黄昏，她在橘树下问他：“你为什么会喜欢我?”

他微笑着：“我说不出。”

她嘟起嘴，非要他说。

他凝视着她，说："记得看了一本书，书上有一个句子：我想你也说不出为什么你会喜欢夏天清晨草叶上的露珠和冬天落到掌心的细小雪花。"

她于是微笑。

想了一阵又仰起头问，"那么，你第一次看到我是什么时候?"

他微笑着，不回答。

那是他永远记得的那个清爽的早晨。

于是，两人便都在橘园中漫步。夕阳中他的眸子温柔如琥珀，仿佛封存着那个夏日的黄昏。

明亮的颜色组成的场景，让年轻的心自在地幸福着自己的幸福。

高一、高二，以及传说中暗无天日的高三，就这么风也似的飘过去了。那些惨烈压力已经淡去，却早已不觉压抑，更多的，是一抹一抹琥珀色的美好。

然而，毕业也呼啸着而来。

她发挥出色，上了北京的一所名校。而他因为过于紧张，不幸落榜，最后调剂去了南方一所二本。

现在她大学也快过完了。

后来也经历了很多事情，虽然他们一直有书信往来，但是空间和时间，真的可以很快改变一个人。仿佛经历了沧海桑田，两人终于分手。

她穿行在大学的校园，金黄色的银杏叶飘飘洒洒，是以前在电视里看到的北方才有的澄净清明的美丽秋天。在明亮宽敞的宿舍里看书，窗帘轻轻拂起的时候，青色的阳光照在她青春的面庞上。有时，她会停下敲打论文的手，怔怔想起那个黄昏，他们是那么年轻，那么幸福。

放假的时候，她回到家乡，也会看看高中的学校，看看橘园。

橘园里只有她一个人，她静静站在那郁郁葱葱的树林里，聆听着初夏芬芳的绿叶间漏下的清脆鸟鸣，安静而柔微的凉风在空气中脉动着，酷似水声。

她独自站在清凉的香气里，却是如此的寂寞与空荡。

想起和他在一起摘日记里的句子时的满心欢喜：“我们在一起，会怎么样呢？在一起走过每条街道，在一起蹚过每条河流，在一起发呆，在一起笑，在一起看太阳落山。如果太阳每天都落山，我们就每天在一起。”

有时，两个人不能永远在一起，可是能够遇见，那是多么美好的事啊！好似夏日里橘树的清凉芬芳，永远萦绕在年少的记忆中。

他的眉眼，他的笑容，如此鲜活，恍若近在咫尺，触手可及。那逝去的，云淡风轻的年少爱恋，将永是记忆中的美好，充溢着淡淡清凉的芬芳。

尽管永不回来。

铭刻纯白的记忆

天气很好，撩开窗帘，是很温暖的冬季阳光。

这样的天气，不出去散步的话就太可惜了。于是她穿上大衣，把手放在口袋里出去了。

她微微仰起脸，阳光正从香樟树的树枝缝隙里落了下来，照得她青春的脸庞几乎如透明一般。

汽车在公路上川流不息。她穿着浅绿色的大衣，配着橙色围巾，仍是清灵逼人的女孩。她低头看看身上，正是那年冬天买的衣服。

忽然心里有微微的光亮。

那时还在校园。

那些闪闪烁烁的片段，错落而又恍惚。

明亮的阳光中，他突然扬起不设防的笑脸："我只记得三个电话：家里的，寝室的，还有最好的朋友——你的。"

她下了晚自习后回宿舍，冬日的风诡异尖锐如黑色玫瑰唇角的微笑。他忽然脱下外衣，递过来。橘黄色柔软的路灯下，他目光里是她当时读不懂的令人近乎疼痛的温柔。

她不小心感冒了，眼睛红红的。上课时碰到他，犯了错似的笑，他把握着的拳伸出来，展开，掌心里是一个小小的晶亮的玻璃瓶子，里面躺着几颗青碧如荷叶一样的小小的药片。

她生日的时候，和他相约一起去爬山。岳麓山很安静，像一只青铜色的兽，伏在学校后面。即使在冬季，岳麓山仍有着令人心动的清新。

他站在山下等她。穿着蓝色大衣的少年，眉目清朗，而轮廓又是那样坚毅，有一种复杂的魅力。

她仰头看他，青色阳光下是一副清秀的面容，粲然一笑，明眸皓齿，清甜可爱。

他有一瞬间的怔忡。

他微笑着让她伸出手来，定定地望着她，眼神温柔，如月光下粼粼的湖面。

她紧紧握住他系于她掌心的小物件，那是一个小小的湖蓝色的木头坠子的幸运链，仿佛整个冬天的温暖都已握在手心。

后来便越来越忙了，也很少见面。过去了好久好久，突然在校园里偶然碰到，像在咀嚼重温的记忆，青橄榄似的悠长温暖。脸上，是亲切如昨的笑容。

忽然就被告知，曾经好喜欢好喜欢你。

静静地立着。

其实那时，不是没有心动，可是为何，还是错过?

终究是少了一点什么，是缘分，还是勇气?

还是冬季，仍然有枯黄的落叶从树上轻轻坠落在肩头。

好像刮过一阵刻进冬阳的淡淡的风，在脸上停留片刻，便轻轻地去了。

逝去的故事，毕竟已经逝去了。

只是偶遇，尔后又重归于人海深处。

只有感动，却已与爱情无关。

她轻轻地垂下头。她想起在校园里时清纯的样子，乌黑的头发柔软地披在肩上，浅绿色的大衣，配着橙色围巾，微笑着看他，那个穿着蓝色大衣的清瘦少年，面容里带着她熟悉的笑意，从林荫道的那头，在冬季斑驳的阳光中，向她走来……

她就那样静静地站在那里，香樟树下，落满一地栀子花般的冬日阳光。

怀念那个纯白的年代，也怀念虽然错过却无比单纯美好的爱恋。

年少记忆的琥珀

蓝琳琳十八岁时，拥有了一个甜蜜的秘密。

像是一滴清澈水滴忽然落入心湖，激起一圈儿又一圈儿微微的涟漪，于沁凉的空气中，荡起无声的回响。

她清楚地记得那一天，仿佛还是昨天一般。傍晚，琳琳坐在草地上看几个女孩子放一只浅蓝色的风筝。风筝轻轻巧巧地滑入蓝天，被气流平稳地托起，高高飞翔在白云间。琳琳仰头看见那风筝越飞越高，像是绘在白云上的精致贴纸一般，觉得很快乐。

琳琳就是在这时，听到那个声音的。

校广播站传来的声音，浑厚、低沉，融进了那温暖的、要使人落泪的夕阳，照到她的脸上。她远远望着青铜色、静静的岳麓山，听那声音遥遥地飞向青山一侧，忽然觉得茫然又怃然。

那个声音缓缓地讲述了一个美丽而忧伤的爱情故事。琳琳静静地听着，眼里不知不觉地含满了泪。她忽然觉得听着那声音，莫名的温暖和安心，几乎要睡着了。

想起冰心的一句话："雨后的青山，像泪洗过的良心。"是不是哭过以后，一切就又能重归清澈与美好，就像雨后的青山般清朗？

故事渐渐地结束了，琳琳还沉浸在那个忧伤的结局里。忽然听到广播里流泻出《冬季恋歌》的主题曲《从开始到现在》，那是她所喜欢的干净纯粹的爱情，冰雪一样洁净清凉。末了，歌里咏叹调般的女声低语："你真的忘得了你的初恋情人吗？假如有一天，你遇到了跟他长得一模一样的人，那真的就是他吗？还有可能吗？这是命运的宽容，还是另一个不怀好意的玩笑？"

这是命运的宽容，还是另一个不怀好意的玩笑？

那个初夏，琳琳刚好读大一。

琳琳渐渐地喜欢一个人漫步在校园的林荫道上。下过雨后，树叶被濯得越发青碧可爱，那种馥郁的清香在雨后湿润沁凉的空气中飞向整个校园的上空。

傍晚，琳琳独自在雾似的清香里走着，踩着长长的影子，听那广播里传来的已是极为熟悉的声音。

有时，抬起头来，看那温暖的夕阳，不经意间已镀红天边的一抹晚霞，周围是年轻活泼的面孔，鲜明的衣着，喧闹的声音。可琳琳心里却是一派清新宁静。

她只听得到那个声音。

一字一句，落到她心里，仿佛就在瞬间，心便像荷花一样绽开了。

在傍晚放学的路上，那个声音常常讲述一个个美丽动人的故事。琳琳想起看书时看到希腊人形容爱琴海是醇厚的酒一般的颜色，忽然觉得这个比喻也极适合来形容那个声音。那真的是酒一般醇厚的声音。

拥有这样声音的主人，会是怎样一个男生呢?

深秋的时候，金黄的落叶瑟瑟地铺满了整个校园。大二的生活也开始了。这时，广播站开始招新了。

听到这个消息时，琳琳正靠着大树仰望那树叶缝隙里一双双蓝色眸子般的天空，忽然心止不住狂跳起来。她这才发现，其实自己真的很想很想知道，拥有这个声音的主人，会是怎样的模样？于是便去广播站面试了。录音室里，看到一个男生在那里调音。听到那个声音的瞬间，琳琳的心怦然而动，是他！

他取下耳机，站起身，转过头，微微一笑——天！多么清秀的一张脸！琳琳只觉得自己一阵恍惚，几乎以为是在梦中了。

那个男孩温和地开口说话，可是琳琳一句话也没听清楚，只觉得阳光异常明媚，空气里仿佛开满了一大簇的栀子花。

忘了是怎样的一个过程，她微微低着头，轻声念起纸上的文字。阳光静静地笼罩在她橘黄色的毛衣上，青春洋溢、玲珑剔透的脸，是青春才有的清灵。

琳琳被录取了。

她在进广播站的第一天，发现站长换成了一个女生，清秀男生已经不在——他已经大四，开始要实习找工作了。

琳琳有些失望，又有些惆怅。

不过她却爱上了广播。每天戴上耳机，听自己的声音犹如清澈水滴般滴落，是件多么快乐的事情。

夕阳的光芒照进录音室，金色细小的灰尘在空气中沉浮不止。她总是想起不久以前，他在录音室里安静地录音的时候，她在香樟树下仰望那在蓝天白云间穿梭的浅蓝色风筝，心中莞尔一笑，一派平和喜乐。

她常常借了他留在录音室里的磁带带回去，放在录音机里一遍遍地听，听了一遍，再听一遍。

渐渐也能听到他的消息。他已经保研，却又放弃，执意去北京工作，因为北京有他高中时就开始喜欢的女生。

知道这一点，不知道为什么，她的心忽然又宁静又温柔，一如从前。

那个不能说的秘密，就此沉入心湖之底，成为一颗温润的凝聚着年少记忆的琥珀。

也许这样，也很好。

梦见春暖花开

他是在电影院第一次碰见那个女孩的。

周末，闲来无事，室友提议去看电影。于是一寝室人浩浩荡荡地来到电影院。看的是很老的片子，《罗马假日》。

这是一部极其浪漫唯美的影片，看得人如同步步踩在云端，无比神往又无端惆怅。影片里，拥有一双天使般眼眸的公主和英俊的记者，在古城罗马童话般地邂逅爱情，却不得不遭遇现实的残酷分离。

当公主万般不舍地告别记者，独自走向她原本的生活轨道时，他正看得微微伤感，忽然听到轻轻的抽泣声。转头一看，吃了一惊。邻座的女孩子，已是满脸泪水。

他心里忽然微微一动，不知道为什么。

回去后，那张挂满泪珠的清澈脸庞在他心中一直挥之不去。为了一场电影而哭成那个样子，这是一个怎样的女孩子？她的内心世界，是极丰富，还是极柔软？

很久都没有再碰见她。直到有一天，他匆匆忙忙跑进图书馆，差点和一个抱着书的女孩撞个满怀，他急忙地说：“对不起——”却是呆住了，眼前的人分明是她！虽然那晚不过惊鸿一瞥，但他却牢牢记住了她的面容。

阳光下，女孩的脸玲珑剔透，有一种恍若隔世的美丽。

她只低低说了声：“没关系。”就默默走了。那么安静的女孩子，有着那么好听的声音。

他呆呆地站着，静静地看着她渐渐远去，只剩下秋日里的温暖阳光和一地的斑斓落叶。

那是他记忆中最美的秋天。

偶尔能碰见她，坐在香樟树下闭着眼睛听 MP3，或是在阶梯教室里看书。还有一次，他看到她支起画板在荷花池边画画，悄悄驻足一看，画的居然不是荷花，而是举着翅膀的小天使，粉粉嫩嫩，单纯可爱。

他一直觉得她是一个谜，无法读懂但美丽的谜。

而他始终只能遥遥远望，不敢上前。

大学四年时光，就这样在她全然不知的他对她的悄然关注中，倏然而过。

后来他想起这段光阴，总是有一种恍惚的幸福。面对她，仿佛面对一泓清凉的蔚蓝色湖水，湖面之下，缓缓流动的是神秘的喜悦和青春年少时所有干净而安静的情怀。

终于毕业了，工作了，恋爱了，结婚了，有了深爱的妻子和孩子。

偶尔想起她，心里却莫名的安宁。

她仿佛来自另一个世界，是这浮躁的世界静谧的一隅，即使隔着遥远的记忆，她的面容和身影都已朦胧，但他会永远记得看到她时那种宁静喜悦的心情，有如春暖花开——

那是年少时最美的一个梦。

写一张小卡片给你

中学的时候，辛玦悄悄喜欢上了苏天，只因为递过来的一个软软的白面包。小小温暖的感动，却是一瞬间拨动了女孩子敏感的心弦。

仿佛幼时躺在楼下的小花园，闭上眼睛，聆听大自然的微妙之音。忘却自身的存在，灵魂变得轻盈起来，只有花香和泥草芬芳糅合的清凉气息轻轻地浮动着。

而后两人无过多交集。虽然大学不在一个城市，但电话很多。每次电话都让辛玦觉得幸福。但她总觉得他过于完美，他是一枚光芒四射的星星，而她只是一朵仰望星空的小小雏菊，却一直在暗暗期待着什么发生。

她后来大学毕业，做电台的主持人。独自一人，安静清冷的女子，只一双黑白分明的清亮眼眸让人觉得过目难忘。她特别喜欢秋日灿烂的阳光，喜欢穿纯色的羊毛衫和黑白格子的裙子。她和朋友们聚会，谈起世间的变化与精彩，自己却仿佛站在红尘之外，与这些喧嚣毫不相关。

时光流转，她仍是当初的样子，眉目间依稀有学生时代的青涩与安静。是因为在等待着什么吗？你不来，我不老。

心海深处，爱已如鲛人的泪洒落成珠，流转了满心的光华，却仍是不敢言，不能言。

只是还会常常打电话给他，听见他的声音仍然会心跳，却没有奢望过接近。他是一个很温暖的人，平日里却散发出冷漠和疏离，只有在电话里，他才卸下所有的冷漠。

她想，也许他们是一类人，内心渴望温暖，而表面上却以冰封的姿态拒绝靠近。心理学上说，这是缺乏安全感的表现，害怕伤害，便首先拒绝拥抱。

日子就这样，一天天流逝。她并不觉得有什么不好。偶尔电话中，也能感觉到他的存在、他的气息，心下便温暖满溢，觉得这样也很好。恍惚间，她会以为，这样也能静静度过一生。

有一天，他们却不期而遇。她不敢奢望他是特意来看她的，问起，他果然说是出差。但她的心，还是怦然而动了，犹如初遇的那一天，有微妙之音萦绕身畔，芬芳久久不散。

相隔十年的光阴，他已成长为散发着沉稳成熟气息的男子，而在她眼里，他仍是当初那个青涩温暖的少年，在教学楼长长的楼道的那一头，对她微微笑着，递过一个软软的白面包来。

已经安静下来的心又开始跳动起来。十年之后，他依然温暖和优秀得让她心动。

这一刻的遇见，瞬间沧海，一眼万年。

此时，她在北方的大连，而他的工作地点却在福建厦门。

厦门那个地方，美则美矣，却离她天涯路远。她为他做了二十多年最勇敢的一个决定——为了他去厦门。也许是因为他过来看她，忽然给了她无比的勇气。

她终于来到了他打拼多年的城市，来到充满他的气息的地方。这样熟悉而又陌生的一个人，她仿佛是在梦里，而他的确就在身边。

他带她去了厦门很多地方。书吧里绰约如微风的音乐，水果茶下轻轻跳动的火苗……小资而又文艺，很美。厦门阳光太烈，静坐在店里，满满的阳光。她忽然想念起北方的秋天，还有冬天。青灰色的街道，微冷的风，落叶轻轻停驻在她披散的头发上。

他带她去鼓浪屿看海。他的笑容，近在咫尺。

她真希望是北方，有雪花轻轻飘下，纯净犹如梦中。而身边，是海潮声声的涌动。

她终是适应不了那里，放弃了那么多，但是根所在的地方，还是北方那个亲切的城市，她已经离不开。于是，她留下一张小小的卡片，把在心里轻轻如花香般萦绕多年的话写在了卡片上。她决定就这样告别。

车上，她用耳机听着手机里的音乐，却忽然接到他的电话。他轻轻地笑，你不过来，那我过去。

为了你，我在大连重新开始，我想，现在的我，能做到。

关上手机，她微微低头，唇角上弯，睫毛却柔软地覆盖下来。

一瞬间，闪闪烁烁的记忆片段涌上脑海，从没有过的清晰与生动。

忽然，很想哭……

她听到耳机里轻轻吟唱着的歌：再勇敢一点点，我就跟你走。

夕阳里的口琴声

高中入学考试，她发挥失常，看到分数时心里猛地一沉。

咬着嘴唇，泪水在眼眶里打转，一闪一闪，星星一样。又是倔强的女孩子，偏偏不肯让眼泪落下。

放学后，她独自一人来到教学楼的顶层。橘红色的夕阳斜斜照着，有一种令人几乎要流泪的温暖。

她默默蹲下，巨大的失落感涌来，她真的落泪了。

忽然，有低低的口琴声悠悠飘来。是从未听过的，干净、温暖的旋律，浸着微微的水雾般的忧伤，悄悄落进温柔的夕阳中。

她不知不觉地止住了泪水，静静聆听起来。仰头，淡蓝色的天，有白色的鸽子飞过。口琴单纯的音色，仿佛是在安静地讲述一个遥远的故事。

一曲吹毕，余音袅袅。

她站起身来，诧异地看着不远处坐在栏杆上的少年，握着口琴，穿着白衬衣，眉清目秀。她知道他是他们班的，只是入学不久，她和他还没说过一句话。

他望着她微微一笑，她心里忽然就安宁下来。他的笑容真是好看，仿佛连夕阳都失了色一般。静静地，只有风，轻轻地在他们之间吹拂着。

他目光望向远方，把口琴凑近唇边，一曲琴音又悠悠而起。

那是今生今世再没有听过的天籁之音。

高一课程繁重，他和她也没有再说过话。路上碰到，亦是浅浅微笑，老友一般。而她心中只觉安宁，耳畔仿佛响起那融进夕阳的温暖干净的琴音，那样清澈温柔，不曾淡去。

高二调整座位，她坐他前面，交流渐多，彼此发现兴趣爱好居然惊人的一致，知己之感顿生。

很自然的，两人成了好朋友。

高考前一个星期，她居然感冒了，越发压力大，夜里辗转反侧，难以入睡。

一天傍晚，她却接到他的电话。刚一接通，她只轻轻“喂”了一声，就听见听筒里，一曲干净的口琴声悠悠而起。

那样熟悉而亲切的旋律，绕着心房一圈一圈打转，仿佛夕阳温柔地漫过脸庞。

她静静听着，恍惚间觉得好像置身于童话之中。

心里的焦躁抑郁全都一扫而净，心湖重归宁静清澈。

高考下来，她发挥正常而他发挥出色，两人去了不同的学校，不同的城市。

也不觉有何不妥，大学，便是去自己最向往的地方，流浪。

在异乡的旖旎情怀很快被乡愁离思所取代。电话、信件、QQ，她给很多同学写信。每个月收到的信，总能积下一沓。

当然，也有他的。

第一次收到他的信，是个雨夜，雨打芭蕉，玲珑有声。

灯下读信，她的心是愉快的。

总舍不得一下子就读完，读了一半，便小心收好留到睡前再读。那暖暖的、安宁的感觉太让人依恋。

其实，信里说来说去不过一些再寻常不过的事情。无非是说说校园里的事情，四级快开考了、学校在挑选校际交流学生、他的口琴获了校园文艺大赛的一等奖之类的事情。秋天里，他会把几枚海边拾到的小小贝壳放在信封里寄过来，而早春的时候，她也会把收集的细小洁净的樱花花瓣夹在信纸里寄给他。

总也看不厌那些信，有时间就拿出来翻看，看了一遍，又看一遍，忍不住唇角上扬。

渐渐地，时间流转，高中同学的信越来越少了。和他的信，也从一月一封到了半年、一年才一封。她开始认识新的同学，结交新的朋友，崭新的大学生活梦似的精彩，是高中时代所想象不到的自由自在、无拘无束。碰到过很多优秀的男生，或阳光或英俊，有着自信的眉眼、轩昂的气质。她是明眸皓齿的女孩，自然有男孩对她极好。但不知怎的，她总不动心。

就这样，大学四年，云也似的飘过去了。

毕业前夕，她收到了他的一封信。刚打开，一张照片飘然滑落。她捡起，微微一怔。是他和另外一个女孩的合影。女孩眉目如画，而他静静站在那女孩身边，笑容沉静温和，一如记忆中一般。

他的信中写着，是他新结识的女朋友。末了附言："等你有了男朋友，可别忘记告诉老同学。"她微笑着给他回信："你女朋友真漂亮，祝福你。我真为你高兴。"

可是为什么，心里却有淡淡惆怅徘徊不去？

晚上，她梦见了他，泪湿了枕头。

难道，连她自己也没有意识到，其实她心里，是喜欢过他的吗？不然，为何如此在乎，甚至，有些难过？

只是，他是不是，也曾喜欢过她？

没有人知道。人的心，本来就是一个玄之又玄的谜。就像她，默默地把这份如青果般说不清道不明的情愫，如一枚石子一般，沉入了心湖的最深处，除了自己，无人知晓。

就像《那些花儿》里唱的：那些心事，丢在风里，已难辨真假。

只是心中一幅画越发清晰：夕阳西下，那样青春的男孩女孩，那样干净温暖的口琴声，在他们之间，回响。

琴音袅袅而止，她缓缓抬起头，看见夕阳里，他微笑的脸。

缱绻盛夏流年

站在牌楼口的林荫道上，香樟树轻轻摇曳，沉淀着神秘的木香。

阳光明明灭灭，心情闪闪烁烁。

有人说，盛夏的长沙像是一个绿色透明的果子。这个时节，适合一些水滴般清澈的故事悄悄发生在城市的某个角落。

他仰起头，阳光透过叶缝洒在他脸上，斑驳的光影摇动，温暖一如从前。

回忆，正如潮水般涌来。

七年前，他邂逅了她，在新生入校时的校园里。

那时，她是懵懵懂懂的少女，穿着洁白的裙子，双目明净如水，脸庞清纯，坐在荷花池边看书。无穷碧的荷叶混合着紫藤和莲花的香气，在她身后轻轻摇曳着。

那时的她，正像亦舒在书中写的那样，美得就如一朵“碧青的栀子花”。

当这朵“栀子花”盈盈地立在他眼前时，他一下怔住了。

她微微的笑意，如同栀子馥郁的芬芳。奇妙的喜悦，轻轻涨满了他的心。

军训时他们站得很近，在枯燥紧张的训练中，慢慢熟悉了起来。

他常常暗自在心底嘲笑自己，明明是喜欢她的，为什么从不敢说出来？抑或，每次见到她，便丧失了所有的勇气？她是那么美好，那么清纯无邪，他一走近她，便感觉心里盈满了喜悦，幸福得快要溢出来。

最后却是作为新认识的好朋友一起游遍了这个城市的很多地方。长沙那时是全国的娱乐之都，热闹、纷繁。可是吸引他们的，还是那些沉淀的古韵，比如说湘江，比如说岳麓山。

岳麓山上，她提着裙子小心地走着山路，白裙翩飞如蝶。山路崎岖处，他俯下身去伸手轻轻握住了她的手，两个人都是微微一怔。

有风微微拂过，掠起她的长发，忽而忽而地。他微笑着看她的长发轻舞飞扬如上好的黑色绸缎。

渐渐地，微红的晚霞里，天空，由浅蓝渐渐地晕成淡紫，有星，零碎地闪着。

那还是盛夏的天气，晚风却是清凉。

他看着站在身边的她，晚霞中玲珑剔透的脸，心里忽然溢满了温柔。以至于许多年后回想起来，心里仍是安静美好。那么美的一个黄昏，是上天赐予他的吗?

夜是静静的，只有树声如涛。一弯湘水，遥遥的，散布着珠串样的霓虹灯，闪烁着，与星空遥相呼应。

他送她回宿舍。走在寂静的林荫道上，树叶的影子拂过她的脸，她的脸在月光下更加清丽，却又更加遥远。

她转身上楼，忽然回头对他嫣然一笑：“我会记住今天的。”她的眸子亮如星辰，定定地看着他，又微微一笑，跑上楼去。

他怔在原地，有些恍惚的惊喜。

夜晚回去，他把沈从文的一段话反反复复地抄了很多遍：“我又侥幸见到你的微笑了，是在那晚风为散放的盆莲旁边。这笑里有清香，我一点都不奇怪，本来你笑时就是有种比清香还能沁人心脾的东西!”搁下笔，看见窗外月下的岳麓山，嘴角禁不住露出一丝微笑。

军训结束后，又回归到精彩的校园生活。他们不是同一个专业，因此失去了见面的理由，但是他仍然可以在校园里看见她，巧笑倩兮，美目流转。原来她的魅力远不止是美丽，她活跃于各个舞台上，永远是引以为傲的核心。她身边簇拥着大批的追求者，当他每每想唤她名字时，却丧失了勇气。

总是想起那个黄昏，那是在岳麓山深处，古木浓荫，涧水如珠，可以忘却一切俗世，只有他和她。

回到现实，她是公主，而他是如此平凡与黯淡，便如一棵普普通通的小草—— 一棵小草能有什么奢望呢？

便只能遥遥观望。

时间似水流年划过。毕业，然后各自分离。

可是他常常会想起那个黄昏的长沙，山岚、江波、晚霞、雁影，她唇角的笑容以及被风掠起的乌发……

她，那时是否对他也有一刻的动心？现在的她，是否一切都好，是否偶尔想起那个美丽的黄昏？

他不得而知。

出差时，又重新回到这个满城飞走香樟树芬芳的城市里，在盛夏八月，心潮起伏。他开始静静地回忆，静静地感伤。

长沙，镌刻在心里，只因这古城上，曾有她梦似的剪影。

白色栅栏

考研时她拿不定主意考哪所学校，于是把本专业排名前五的高校，一个一个地敲到搜索栏里。

搜到北京一所高校时，她随手点开一个链接，却是这个高校一个研究生写的网络日志。

他写着，学校很小可是干净，而且精致。有大片大片的茵茵草坪，带给人牧歌式的柔和清亮的感觉。最近，学校在一片草坪上围起了白色栅栏，牵来了两只小山羊。他去喂过，小山羊安静地吃他手上的草。

读到这里，她的心忽然微微一动，忍不住想起了《圣经·雅歌》里的那句“如羚羊或小鹿在香草山上”。

有一种说不出的洁净温柔悄悄弥漫起来，如一滴水墨在宣纸上淡淡晕开。

鬼使神差地，她报了那所高校的研究生。

那是这个专业排名第一的学校，竞争十分激烈。

考研是说不出的累，只有经历的人才能明白。

每当披着一身星光回到寝室时，就是她每日难得的轻松时刻。每当此时，她便上网看他新写的日志。

点点滴滴，无非是再寻常不过的事情。

她心里却觉得熨帖而温暖，越来越向往那个学校。

考研结果出来，她以三分之差惜败。

毕业后她仍是选择去北京，公司就在那所学校附近。仿佛已经有了一种情结。她希望能离这个自己喜欢的学校近些，再近些，这样心里会觉得安宁好多。

工作闲暇时，她常常去那所学校散步。细雨连绵了半个多月，天气湿冷，天是青灰色的。升华公寓那里深绿色的草坪上一圈儿白色栅栏，里面的迎春花灿然地开着。这些冷色之中的亮色，给人很温暖的感觉。

此时看到他日志里歌谣般亲切的草坪，如此真实地出现在自己面前，如同地毯一样柔软平整，却是恍若隔世。

她也看到了穿行在校园里的莘莘学子，那样年轻而充满朝气的脸。忍不住想，若是当时她考上了，此时，也是这学校的一员，完全地融入这学校之中，那该有多好。

而她现在，只是微微笑着，安静地站在柳树之下，有一种置身事外的感觉，就像，到了一个暗恋了很久的人面前，而他，从来也不曾认识过你。但是，这又何妨，越来越发现他的好，因此，也不再遗憾为他而付出的那些时间和汗水。

这所学校，真的值得付出，无论成功还是失败，都已无悔。

由于工作繁多，她现在已经很少去点击那个网上日志。只是偶尔想起，会去看看，看看他在这学校发生的点点滴滴，心里浮起温柔的牵动。

周末，她照例又带了一本书过来，坐在草地上看。忽然，一只白色的羽毛球飞落到她的网球鞋旁，衬着茵茵草地很是好看。

“同学，劳驾捡下。”一个肤色黝黑的男生汗水淋漓地跑过来。

她低下头弯腰捡起，微笑着递还给他时，心里忽然怦然一动——那男生，有着那么明亮的一双眼睛，却是似曾相识。

与君初相识，犹如故人面。这是为什么呢？

她就这么认识了他，研二国际金融系，喜欢运动，爽朗外向的男生。

他身上浸润了这个学校的气质，清新的校园感觉，和隐隐的书卷气。

很快，他们恋爱了。

当夕阳红如玫瑰时，他们牵手在她曾经那么爱那么爱的学校散步，整个校园笼罩在无限温柔的光晕里。

结婚前夕，他若有所思地看着她说："真的很奇怪，为什么我第一次见你时，就有一种很熟悉的感觉呢？好像是一个认识了很久的老朋友一样。我想这就是缘分吧。"

他漂亮的新娘只是微笑不语。

婚后某一天，她打开那个收藏夹里的链接，在他最新的日志留言上，写下席慕蓉的《初相遇》：

"我喜欢那样的梦。在梦里，一切都可以重新开始，一切都可以慢慢解释，心里甚至还能感觉到所有被浪费的时光，竟然都能重回时的狂喜和感激，胸怀中满溢着幸福，只因为你就在我眼前对我微笑，一如当年。我真喜欢那样的梦，明明知道你已为我跋涉千里，却又觉得芳草鲜美，落英缤纷，好像你我才初初相遇。"

认识后不久，她证实了她的直觉与猜想，他果然是那个日志的主人。

这缘分自有天注定，谁能说得清。

那时雪下

那时，她和他才十六岁，还那么年轻。

高二课程很紧，学生们晚上都上晚自习。有一天复习晚了，忽然听到有人惊呼："下雪了！"疲惫的学子们像是听到了一个久违的童话，蜂拥而出，惊讶着，赞叹着。

纷纷扬扬的雪花，自遥远的苍穹，柳絮一般轻轻飘落。

她忍不住跑出去看，回头看他也搁下笔，走了出来。心中忽然微微一动，似有清凉的芬芳萦绕。

他们不过是普通同学，见了面，微微一笑，或者淡淡地打个招呼，仅此而已。其实，她悄悄喜欢他很久了，但他全然不知晓。而高中繁重的课业，也只能让她悄悄守护心中这一脉清凉的暗恋，守护这无人知晓、独自芬芳的秘密。

站在教学楼的走廊上，大家都被这一场突然降临的鹅毛大雪，迷得神魂颠倒。

他的眼神那么明亮，侧脸在白雪的映照下显得如此英俊。她一时怔忡，只觉心满意足，别无他求。就这么静静地，和他看着雪。

他忽然低头，看了看表，说：“该回去了。”

她点头，收拾书包和同学们一起走。

鹅毛大雪仍在纷纷扬扬地下着。凉气逼着面颊，冷意逼人。她瑟缩了一下。

他走在她身边，忽然说：“你家远不远，我送你回去吧?”

她转头，微微一笑：“不用了，现在很晚了，你还是回家吧，我家很快就到了。”

他点点头，橙黄的路灯下，大雪纷扬，他的眼神温暖地看向她。

看着这清俊的少年，和他那如同大海一样的眼神，她忽然心慌，赶紧摇手说：“再见!”背着书包走了几步，回头说：“你也路上小心。”没有等他回话，就急忙忙地走了。

她真怕这一瞬自己因为心悸而瘫倒。

这个夜晚，她回到家中，冷得直打战，妈妈赶紧给她安排洗了个澡。坐进温暖的被窝里，捧着一杯袅袅热气的牛奶，她静静地望向窗外。

大雪仍在纷飞。

她静静地捧着那杯热牛奶，脑海里面都是刚刚他的那个温暖的眼神。

漫天的鹅毛大雪中，他唇角带着笑容，眼眸那样明亮，仿佛漫天星光落在了他的眼眸之中，炫目得叫人不敢直视。

仿佛世界如此美好，如此安宁。

后来，也不知道怎么，岁月一下子就从指缝间溜走了。她想着，十六岁的时候，总觉得高考那么遥远，永远也不会来到，她可以一直在教室的后排，偷偷地看着他的背影。但时光一下子悄然而去，高考，考研，然后长大，工作……

她终究是弄丢了他。高考后他们考上了不同的学校，尔后就再无联系，也没有像小说或者电视剧里所说的那样发生多年后重逢那种美丽的邂逅。她不过也和普通女孩子一样，邂逅一段爱情，平平淡淡地结婚、生子，过着柴米油盐的生活，日子波澜不惊。

但她总是记得，那天的鹅毛大雪，雪中他明净而温暖的眼神。

那个场景，真像一个童话，一个永不再来，也永不褪色的，青春的童话。

蓝色时光与少年

她穿着长长的淡蓝色风衣，慢慢沿着街道走着。

这初春的青灰色街道散发出一种久远清润的气息，亲切而又陌生。她微微仰起头，阳光斜斜地照在她的侧脸上，一阵温暖。她忽然想起高中的时候，自己就这么喜欢站在初春的阳光中，仰着头细细感受那份水洗过一般的清朗。

高中时代，那好像是很久很久以前的事情了。

初春的空气很清凉，天空很高，很蓝，很远。

校门口，还是有大叔在卖羊肉串，老爷爷在卖八粒糖。她忍不住驻足，看着老爷爷浇上几勺金黄色的糖，稠稠的，散发出甜香，然后用勺舀出一点，快速地在光滑的大理石上划两下，用铁刀挑起，放进学生们的手中，学生们则顾不得烫嘴，马上放入自己的口中，热乎乎的糖真是美味啊。

她想起以前，有时候老爷爷高兴，便用勺子舀着热糖慢慢地一点一点雕琢，雕出一只翩然若飞的凤凰来。这时便有好多人围看。那眉眼温和的少年，就站在她身边。

仿佛是不经意间，他的手指碰到了她的，微凉。

那是怎样美好的生活？她抬手拨了拨头发，但觉恍若隔世。

不知不觉地，便进了校门。

林荫道的那头，仿佛站着一个穿着蓝白 T 恤的少年，熟悉的眉眼，熟悉的微笑。她定睛看去，却没有了。

只有树林簌簌的安静的声音。

仿佛时光的长河在面前缓缓流动，明明灭灭的光影，如同过去的记忆，闪闪烁烁地清晰起来。

那个时候，他们都那么年轻，在学校的林荫道上走着。两个人谁也不说话，就这么静静走着，从这一端走到那一端，又从那一端走回来。只觉心中柔软安静，再不作他想。

谁知，一松手就是山高水远、相隔天涯。

她忽然想起高中毕业时埋在这里的千纸鹤与幸运星，于是，找了一根树枝，在那棵最大的香樟树下挖了起来。

居然挖出来一个满是尘土的玻璃瓶。

她惊喜交集，仿佛触碰着以往的记忆。

取出纸巾，细细地把浮土擦去，还是那个晶莹透亮的玻璃瓶，瓶里彩色的千纸鹤与幸运星，闪闪烁烁的，温暖的颜色，沉淀着那个时期少女干净明亮的蓝色心情。

她凝望了它很久很久，最后静静地把它捧在胸前。

好在，记忆永在，记忆中的少年，温和微笑，永远年轻。

虽然，蓝色时光，永不回来。

冬天的榛子树

那是大学的时候，冬季的校园，寂静清冷，掉光了树叶的枝干静默地在寒风中伫立，他不由得想起了一位外国诗人写的诗句：我喜欢你是寂静的。

就在这个时候，他看见了那个女孩，有着小鹿般灵活眼眸的女孩。

长发松松地披在肩上，绿色毛衣，苏格兰格子裙，栗色靴子。她就那样沉默地站在林荫道小路尽头，像极了一幅画。

冷色调的背景下，她是一抹让人视线温暖的亮色。

冬季的日光温淡，女孩的脸庞在清冷的空气中显得玲珑剔透。

他不由得停住了脚步。

女孩的视线却只望着一个方向。蓦地，她小鹿般灵活的眸子闪烁起来，脸颊也突然抹上一层淡淡的玫瑰色，整个人都仿佛星星一样亮了起来——

他觉得这是他见过的最奇妙的魔术。

一个清俊的男生迎了上来，女孩扑进了他的怀抱。

夕阳的余晖缓缓涌动，整个世界无比温暖。

他心中却滚动着某种微妙的情感，还有淡淡的惆怅。

每天下午五点，女孩都会在树林旁等着男孩。而他，就在一旁，默默地注视着女孩。

像是在欣赏一幅画，不忍靠近，生怕惊扰了这难得的宁静。就如一首静静的小诗所述：

你站在桥上看风景，看风景的人在楼上看你。明月装饰了你的窗子，你装饰了别人的梦。

每天他都能见证奇迹，那女孩的笑容能刹那让夕阳都失了光彩。而他便在那对小情侣幸福相拥的时刻，满怀温暖却又微带酸楚地走开。

梦里，渐渐出现女孩星星般的笑靥。只是，不是对着男孩，而是对着他，绽出极其明亮的笑容，她迎风而来，宛如千树花开。

醒来后他仍不愿睁眼，一心一意沉醉在那个梦里，许久。

时光渐渐流逝，女孩等男孩的时间越来越久。甚至，见了面也难以看见明亮如初的笑靥了。

再后来，就只有女孩一个人落寞的身影，孤独地伫立在林荫道上。她像一棵沉默而美丽的树，冬天的榛子树。

再后来，女孩不见了。他留校当了大学老师，却仍然改不了每天黄昏时在林荫道上徘徊的习惯。

像是期待着什么，又在盼望着什么。

林荫道那头，再没有了沉默如冬天的榛子树般的女孩静静地等候。而那等候，也从来不是为了他。

那个故事，他从未参与。

却为何，如此难忘。

种在记忆森林里的秘密

已经记不清是什么时候，她开始喜欢上了一个男孩。

抑或是那天，他裹着一身清凉的风跑进了教室，抱着一个足球，白衣少年眉眼清朗，神采飞扬。他转过头来，正好撞见她的目光，于是对她很爽朗地一笑。

风吹乱了他的头发，也吹乱了她的心。

她微微有点发窘。可是那感觉极为美妙，仿佛童年时仰躺在草坪上，身边浮动着雏菊露水般清凉芬芳的气息。

晚上，她梦见在森林深处遇见了他，少年的笑容在梦里越发清晰明澈。

谁知道呢，年少的心，本藏着一个玄之又玄的密码，忽然风里的少年解开了这个密码，仿佛茂密的森林忽然吹过了一缕簌簌的微风。

而这心灵深处的森林，对于自己还有少年，都仍是一个谜。

她总是忍不住地满心欢喜，看到什么都快乐。课本封面是糖果色，影子都像是甜蜜的麦芽糖。

他没有和她说过一句话。他自有他的精彩天地，帅气又是足球健将，自然吸引了校园里众多女孩的目光。踢球、打架，恋爱又分手，热热闹闹的生活。而她总是安静的，淡淡的。他们看上去是完全不相干的两个人。

而她心中竟然如此喜欢他，喜欢他足球场上飒爽的英姿；喜欢他踢完球后，将一整瓶矿泉水从头上淋下，小豹子一样；喜欢他在风中当着众人的面昂着头说："我想去北京，我要去国家队!"那样自信的张扬，定格成她心中永不褪色的照片。

她放学后总要路过足球场，一个人静静站在风里遥遥观望那活力四射的少年。伴着身边的树叶簌簌的清凉声响，她觉得自己像是站在一个绿色的梦里。

高中时期，他踢了三年的球，而她也看了他三年。

一个人的欢喜与哀愁，他在她的梦里，而他与她，完全无关。

高考呼啸着而来，现实总是残酷的。她考上了北京的大学，而他落榜了。

北方的天空分外高远。因为是他梦想中的城市，她便也一并爱了它。

她仍是安静沉默的女孩，一个人总是静静的。她读的是生物医学，每天都穿行在图书馆和实验室里，听着自己寂寥的脚步声，一切都安静、天然而又悠长。她迷醉于这样的生活，仿佛一切皆可永恒。

一个人出去散步、吃饭、看书、做实验、发呆。偶尔偷偷在心底想想那个遥远的少年，那小太阳一般活力四射的少年。她仍喜欢站在足球场旁久久观望，那些陌生的少年，仿佛都是他的身影幻化的。她想，他还在计划着来北京，实现他足球小子的梦想吗？

渐渐地，越来越多的人叫她学姐，她只是微笑。直到有一天这个称呼变成了老师——因为学业出众，她留校当了大学老师。

再后来，她很自然地跟一起留校的老师相恋，然后结婚，生了一个可爱的儿子。日子变得越发平淡而悠长。少女时代的小情怀和小心思大多早已忘却。

也间或听到他的消息，他落榜，复读，再落榜，后来租了个小店卖水果，和隔壁的服装店老板娘结婚了。热热闹闹的凡俗生活，对她来说，是属于另一个故事了。

有一天，她加入了高中同学的微博群。在微博上，她看见了他的近照，他竟变得这样胖，眼睛里不再有春风般的明澈，而是心满意足……他不再是她记忆中英俊神秘的白衣少年，而是一个最平凡不过的小市民。

她平静地关了电脑，什么都没说。

想起了曾经看过的一句话：每个人都有属于自己的一片森林，也许我们从不曾去过，但它一直在那里，总会在那里。迷失的人迷失了，相逢的人会再相逢。

她知道，和他，再也无法相逢。

可是夜里，她做了一个梦。梦中，她提着一盏小小的灯来到记忆的森林深处，那里，白衣的少年迎风而立，像初遇时一样向她微笑。

老师的初恋

上大学的时候，教管理学的老师是个清秀耐看的年轻女生，刚硕士毕业不久，也就比我们大几岁，于是我们对老师的爱情故事十分好奇。

在磨了很多遍之后，老师终于决定，讲述她的初恋故事。

她微笑着说："我的大学一直以理工科著称，男多女少，稍有些姿色的女生就有人追。有一次，一个男生告诉我，他看见我在开水房打水的时候，梳着两条小辫子，忽然就喜欢上了。

"他很想认识我，又不敢，于是呢，告诉了他的寝室长。寝室长知道后，决定发动全部寝友来帮助他。

"我有每天早上去林荫道跑步的习惯，刚好经过他们宿舍。于是，寝室长每天都最早起来，到窗口等着，等到我经过时，就马上把那个男生摇醒，那个男生就赶紧穿衣起来，去林荫道跑步，装作不经意地跟我邂逅。

"碰到几次之后，大家就熟了。他想进一步要到我的电话号码，却不敢，于是他又跟寝室长说了。寝室长决定陪着他去食堂。

“在食堂里，他鼓足勇气走向我。我当时正在喝粥，看这个男生脸红得跟葡萄酒似的，很有趣，于是笑着点头。他终于把我的电话号码记在他的手上了。”

我们禁不住追问：“后来呢？”

年轻的女老师脸上微微一红，眼睛里闪闪烁烁，像是月下的湖面，她望着窗外，半晌没有说话。

我们都安安静静地等着，知道老师肯定是回想起了初恋时那些缱绻浪漫的故事。

终于，老师回过神来，她微微一笑，然后说：“后来，我就跟他的寝室长恋爱了。”

森谷回音

高二的时候，谷音因为父母的工作变动而转学，转到了一个陌生的学校。

跟大家做了介绍后，老师把她领到一个后排的座位前：“谷音，以后你坐这里吧。”谷音点点头。

同桌叫林森，是一个瘦瘦小小的男生，样貌普通，但却有着一双极其明亮的眼睛。他抬起头，有些羞怯地说：“你好。”谷音拘谨地点点头，算是打过招呼。

两人很少说话。谷音听别的同学说，林森学习很差，是倒数第一。她从小就被告知，要和好学生在一起，自然不会搭理差生。

新学校是个省重点，比谷音原来的学校要求高很多。曾经一直是优秀生的她，因为不适应新学校的教学方式，成绩一落千丈。

那时她总是哭，抑制不住地哭。数学老师上课让谷音解答一道数学题，谷音没能答出。数学老师课后把谷音叫到办公室，说："这样的题你都做不出来，还想不想上重点大学了？"

毕竟脸嫩，谷音一下子便哭出来，眼睛红红地跑出办公室，坐到自己的座位上，发呆。

林森转过头，看见她泪流满面的脸，吓了一跳，小声说："被老师骂了？"

谷音不说话。

林森看了看她，从书包里取出一条白手帕，递给她，说："擦下吧。"

她默默接过手帕，什么也没说。

放学了，大家雀跃着跑出教室。谷音却仍然沉默着坐在座位上。周围的喧嚣纷扰，她都视而不见。老师的话犹然在耳，一直顺风顺水的她承受不了这个打击，她忍不住又伏在座位上哭起来。

不知道哭了多久，忽然，一个轻轻的声音叫住她："谷音。"她忍不住抬起头来。

是林森！

他眼眸异常明亮，递了根巧克力冰激凌过来："谷音，你吃吧。我知道你喜欢吃巧克力。”

谷音愣愣地从他手里接了那根冰激凌过来。

开始抽抽噎噎的，但她渐渐被冰激凌的甜美所蛊惑住，也忘记流泪了。

她从来没吃过那么好吃的冰激凌，以至于在后来的岁月里，常常回想那种甜美和清凉。

林森在她身边坐下来，放下书包。

谷音听到了他的声音：“其实一次考试没什么了不起。谷音，我第一次见到你，就觉得你很聪明，你跟我不一样，你一定能考上重点大学的。”

谷音仍然没有说话。

回家之后，她没有告诉父母这次小测验的成绩。

她轻轻地把林森送给她的手帕拿了出来，是条很清雅的手帕，角落里绣着一朵小小的雏菊。

她用清水和香皂将手帕洗得干干净净。

第二天把手帕还给林森，他有些错愕。

谷音忙说：“我洗干净了。”

林森笑了笑，想说什么，终究没说，把那条散发着清香的手帕收了起来。

从此两人的话多了很多。

圣诞节，班上组织了英语话剧晚会。她换上红色毛衣，苏格兰格子短裙，栗色靴子，一扫往日的清清淡淡，是夺目的漂亮。

真的很漂亮，林森忍不住借了相机给她拍照，说：“真的很骄傲，我好朋友这么漂亮。”却是不得不向她道歉说，因为他还要去花店里帮忙做活，所以圣诞晚会怕是来不了了。不过，他忙完一定会赶来的。

人生第一次登台表演，谷音充满期待。临上台前，却被班上所谓的话剧导演同学撤下。只是丢下了一句话：“我们班这个话剧的人太多了，你的角色被临时取消，抱歉。”

她只是茫然，不知为何被取消。

舞台上喧闹明媚，而她只觉寒冷。

那么多排练的日子，就这么轻飘飘的一句话，便付诸流水，连她喜欢的科幻大师来学校讲座都没有时间去听。

话剧晚会结束，她一个人呆呆地坐在会场。林森说了，他会赶过来的。

不知道坐了多久，终于听见一个熟悉的声音，有掩藏不住的疲惫：“谷音，你一个人在这里吗？”简简单单的一句话，听起来却是那样的亲切，忽然给了她莫大的温暖。

就算这世界再发生什么让人措手不及的伤害与变化，好在，你在这里。

他见她情绪低落，没有再说什么，只是转过身来，变魔术一般，手上捧着一个精致的八音盒，递了给她，微笑着说：“谷音，生日快乐！”

谷音愕然，他居然知道她的生日。

八音盒有着清脆得如同水晶叮叮当当碰撞的声音。

她静静地听着，仿佛置身于绿色的原野之中，全身心都清新如洗。

他有些害羞，说：“这是用我周末打工的工资买来的。我想你一定喜欢，所以就买了送给你。”顿了顿又说：“这首曲子，叫《鸟之诗》。名字好听，曲子也好听。”

是很好听。

仿佛天籁。

她从来都没听过这么好听的曲子，那清脆美妙的音符，仿佛都飘入了她的灵魂之中，让她一生也无法忘记。

月色下，他的眼眸像是落进了星光，那样闪闪烁烁的明亮。

她不去问，她心里忽然明白，为什么这段时间他放了学要先去一个花店打工。

她永远也忘不了这一刻。

茫茫人海中，他们是相互温暖的两个人。

谷音忽然想起了相依为命这个词。

有一个人，会比你自己更紧张你的笑容，你的难过，你的一切。

到了高三冲刺的时候，学习越发紧张，而他却开始经常缺课，总是有意识地躲开她，她很是伤心，却仍然去找他。

终于在篮球场找到他，他静静地坐在那里，看着被风吹过的球场。

谷音站在他身边，忍不住问："林森……"

他低下头，缓缓说："谷音，我爸爸让我跟他去做生意，反正我也不是读书的料，不如早点出去赚钱。"

他抬头静静地看着她，眼神伤感："谷音，你跟我不一样，你是能考上大学的，我读书读不好，我会跟着我爸爸去做生意……谷音，你要加油!"

他的笑容忧伤而又温暖："放心，谷音，我爸爸做生意很厉害的。"

谷音站在夜风里，看着小小少年渐行渐远，淡蓝色的惆怅月光般落在街头。

从此，真可不见?

果然不见了那个人。再没有一个人，叫起她的名字来，是如此珍重。

每次谷音目光落过那个空落落的桌子，心里满是惆怅。

她唯有更努力。

终于高考，进入大学。

有人感叹，大学里的恋爱是种很奇怪的东西。第一次见面就要电话号码，接着短信电话联系几次后就开始表白了，若是拒绝，没关系，马上寻找新目标，然后便断了联系。再也不可能有初中高中那样，有个人喜欢你很久，久到仿佛整段青涩的青春时光里都有那个人。

是的，的确如此。

她总是长久地做同一个场景的梦。

林荫道上，香樟树下，那个少年转过身来，清亮的眼神，惊喜的笑容。

“谷音！”

谷音现在回想起中学时代，被高考的压力重压着，那是异常黯淡的时光，除了他，林森，他是青春仿佛不经意间在冷色调上面所轻轻涂抹的一抹暖色。

大学毕业后，她过关斩将进入外企。凭着出色的英语口语与扎实的专业基础，她一路拼搏。几年过后，她已经成为一名业务娴熟的部门经理。

这天，开完会回来，忽然有人敲她办公室的门：“谷经理，新来的送水工来了。”

她忙着整理文件，随口说：“请进。”

瘦瘦小小的影子映在了墙上，她心里忽然有一种异样的熟悉感觉，抬起头来。

两个人都怔住了。

她和他，仿佛站在岁月长河的尽头，看着年少时光浮泛而来。

终于，他拘谨地说：“谷经理……”

谷音心如刀割。

她不知道他经历了什么，这么多年，她一直希望，他能过得比她好。

有时候，当思念多年的人忽然出现在眼前时，你却突然不知道说什么好。

咖啡厅里，她轻轻用小银勺搅动着摩卡咖啡。

他拘谨地坐着，显然喝不惯咖啡，只要了一杯热巧克力，那曾经是她的最爱。

咖啡厅里绰约如微风的音乐中，他缓缓道来这些年来的故事，沉沉浮浮。

他太善良，也不懂变通，被人骗，被人欺，结果什么都没有了。他娶了个刁蛮的妻，虽然性格暴虐但是真心疼他。他有了一个女儿，都七岁了。他从怀里珍而重之地取出了钱包，翻开照片给她看："我女儿，我常常跟她说你的故事，我说，要像你谷阿姨那样优秀，考进全国名牌大学。"

谷音轻轻咬了咬嘴唇："这些年，过得好不好？"

他眼神依然明亮，笑容仍然温暖："谷音，我过得很好。只是没想到会有这样的运气，我又能遇见你。"

告别之时，他走了几步，忽然又回过头来，欲言又止。

谷音望着他。

他最后静静凝望着她，轻轻地说："谷音，保重。"然后转头快步走了，再也没回过头来。

谷音想起那少年在风中扬起的脸，他温暖的笑容，他递过来的冰激凌，他手里捧着的八音盒……谷音的泪，终于忍不住落下来。

她转身便走，加快了脚步，越走越快，像是要把亦步亦趋的年华，全部丢在身后。

挪威的森林

她其实是他在大学辩论社里认识的小学妹。他觉得费解，明明是辩论社，为什么来了个默不作声的大一小女孩？

小女孩眼睛大大的，长头发，生得倒是很漂亮。她睁大眼静静看着他们唇枪舌剑，热闹非凡，然后，便偷偷低头浅笑。

他也好奇，问她为什么来辩论社，她便笑，说："读中学时喜欢看辩论赛啊。"

就是说，喜欢看，不喜欢辩吗？

她真的只是看着他们参加一场又一场的比赛，各个学院的同学为自己院的辩手摇旗呐喊，手都拍得震天响，她只是在观众席里，静静地微笑。

他穿着西装，打着领带，居然褪去了学生的青涩之气，显得英气逼人。他走出来，颇有意气风发之感。结果一转头去，看到她正望着他，偷偷地笑。他心里犯了嘀咕，偷偷跑进洗手间，对着镜子左看右看，没有什么不对吧。

台上，他冷静应战，与对手唇枪舌剑。他是公认的辩论高手，谈笑间对手便丢盔卸甲，他则笑傲江湖。

果不其然，他所在的辩论队问鼎冠军，他也不出所料地拿到了最佳辩手奖。

在接过奖杯的时候，转身，舞台耀眼的光芒中，他却看到了台下她的笑容，大眼睛闪亮亮的，无端地，他的心里微微一动。

他突然发现，原来自己，喜欢看她的笑。

他渐渐开始留意她，开始注意到，她乌亮的眸子，如雪的肌肤，还有她笑起来时，脸颊上旋起来的两个好看的梨涡。

他越来越喜欢逗她："小师妹，跟我们辩论一场试试?"她仍然只是笑。

有一次，他到隔壁的大学去打一场辩论赛。对手实力强劲，赛况激烈，虽然是口舌之争，一场下来，他的背上早沁了一层薄汗。

却是终于打赢了，兄弟们便叫嚷着去大吃一顿。他的目光却忍不住在台下搜索着她。这是晚上，来之前他特意查过，她有课，应该不会来了。

抬头间，却碰上了那双乌亮的眸子，还有那浅笑的梨涡。

他惊喜交加，一个健步翻身下台，都没顾上走台阶："小师妹，你来了?"她望着他笑，却不说话。乖乖女居然逃课来看他的辩论赛，他不由得感动。

身后众人便起哄。他转身挥手：“你们先去，我送小师妹回去。”

夜色温柔，一步一步，他们踏着香樟树和栀子花的香。

他心中有微醺的醉感，看着身边的女孩，一步一跳，仿佛小鹿般轻盈。一件苔绿色的大衣，配着大摆裙子和橙色围巾。他觉得，虽然样貌上她说不上是亮眼的美女，却自有一种清新透明的感觉，气质晶莹剔透，让人看着很舒服，充满朝气，有青春的自信和轻盈的沉静。

他真喜欢看她，青春少女，就像看一幅美丽的画，他看不厌她。

只是，她真的喜欢他吗？他迟疑着。

他只是觉得，这样相处的感觉也很舒服。如果会错了意，会不会被她笑，太自恋了呢？

于是，依旧做好朋友。

她仿佛没事儿一般，仍是微笑着看他参加一个又一个的辩论赛，却拒绝了所有的追求者。

大三的时候，她出国了，学校有对外交流的项目，她去了挪威。她寄给他明信片，冰天雪地里她温暖明亮的笑，美得惊人。

在明信片里，她说，她会去传说中那个寒冷、璀璨得童话般的小镇，冰雪心情，琉璃世界。那里还有大片大片的森林，还有璀璨得令人惊叹的极光，在深黑的夜空中划过。

明信片的末尾，她还写着：学长，其实你知道我心里的秘密，为何不说出来呢？我有些倦了。在小镇上，我遇见了一个男子，他也很能说，说很多很多故事给我听，也告诉了我他第一眼就喜欢上我了。我们一起游览了这个小镇，然后，我决定跟他在一起。

在收到明信片的那个晚上，他一夜未眠。

他想起大学里她明净的眉眼，她是这样温和沉静的一个人，仿佛来到一个地方，那里的空气也会忽然静如湖水。他想起《挪威的森林》里唱的：心中那片森林何时能让我停留，那里湖面总是澄清，那里空气充满宁静，雪白明月照在大地，藏着你不愿提起的秘密。

他们从未对彼此表白过，也从未承诺过什么，只是，每次他在与她通话的时候，心里会有温柔的牵痛。这就是爱吗，他不知道。

大学毕业了，工作了几年，家里催得紧，他终于开始相亲。见着一个一个的姑娘，有美丽的、活泼的、俏皮的……却没有一个能像她那样，给他温柔而又甜蜜的心动。

2015 年初，“我是歌手”中李健大热，他开始去听李健的歌，听李健在电脑音乐盒里温柔地唱：我一往情深的恋人，她是我的爱人。她给我的爱就像是带着露水的清晨。我多想给她我的真，我心痛的爱人。我愿为她守候寂寞，就像这夜晚深沉。

不由得，他想起她。

她是午后蒙着水雾的栀子，她是清晨滚着露珠的新荷，她是傍晚映着星光的香樟。她是他心灵深处的挪威森林，她是他想起青春时所有美好和晶莹的回忆。

只是，青春一去，不再回来。

花满枝丫

她是喜欢花的，喜欢各种花，牡丹、海棠、芍药、玫瑰……开得绚烂灿然，恰似人的青春。中学里，她就喜欢在草稿纸上涂抹一朵一朵的花，引得同桌看得目不转睛。

她的同桌就是他，高中三年都是。他喜欢看她画的花。

有一天，他忽然兴冲冲地对她说："武大有樱花，厦大有凤凰花，你喜欢哪个大学，我们就一起考那里去。"

她怔了一下，脸便热起来，垂了头，低声说："我比较喜欢樱花。樱花开时，像是有雪落在枝头，满盈盈的。"是的，花满枝丫，这画面，多美。

他在武汉大学上画了一个圈，抬起头来，笑眯眯地说：

"好，那么我们约定了，一起去武大！"

她点了点头，心里却有欢喜，丝丝漫开，像是有风忽然拂过明净的心湖，有涟漪悄悄儿荡漾开来。

他考上了武汉大学，她却没有考上，填了武汉另一所分数要求稍低的重点大学，离武大不远。

武汉这样的城市，是市井的，是泼辣的，可也是生动的、活色生香的。

初到武汉时，她心里欢喜极了。他们一起游览着整个城市，仿佛时光停驻，还是高中时的好朋友一样。他带她逛步行街，他买鸭脖和热干面给她，他们一起坐轮船横渡长江。她望着他，江风吹过少年的头发，他的侧脸是那样英俊。她仿佛第一次才发现，她心中暗自恋慕的少年长大了，而且，他生得那样好看。

她的脸颊忍不住微微一红。

过了一些日子，她去武大找他。一踏入校门，她便惊叹不已。一步步行去，那真是一个如同在画卷中的美丽的大学。

武大的樱花也果然名不虚传，新雪一般堆满了树枝，风一吹来，粉白的细小花瓣漫天飞舞。她不禁想起席慕蓉曾经写过的话："一小朵一小朵的花纷纷落下，只剩下甜蜜而恍惚的清香，以及冲向天空的树杈。"

那樱花纷纷扬扬，洒落在年轻的男孩女孩身上。她的笑容，明亮得发光。他的手轻轻落在了她的头发上，她屏住了呼吸，睁大了眼睛看他。

他从她头发上拿起几星细碎的花瓣，微笑道：“你头发上，落了很多樱花花瓣。”

她脸上微微一红，禁不住想起了晚唐诗人韦庄的诗：“春日游，杏花吹满头。陌上谁家少年，足风流。妾拟将身嫁与，一生休。纵被无情弃，不能羞。”

她也是被这春风里的花瓣吹满了头呵！而她暗自恋慕的少年，此刻，就站在她身边，眼神温柔，笑容明亮。

如果，时光就此静止，那该多么好。

可是渐渐地，她悲哀地发现，有什么东西，在悄悄地变化，但她已无力去改变。两个人在两个学校，面对着不同的人和事，面对着各种新鲜生动，心境也在发生着不同的变化。

在他带着漂亮的女孩出现在她面前，甜蜜而大方地介绍说是他女朋友的时候，她怔了一下，而后唇边便浮上了清冷的笑：“你好。”她听见自己淡淡的声音。

手心里，却紧紧攥住了一早写就的那封单薄的信。

此后，她再也没有去过武大。

大三准备考研，她决定考厦门大学。她要远远地离开这座城市，这个人。她把所有的心思都投入复习之中，这样，她才能忘记心痛。

而且，不是只有武大一所大学有花，厦大也有。他说过，厦大有凤凰花。

一年以后，考研结果出来，她顺利考上了厦门大学。

知道成绩的那个晚上，她心里异常安静。她知道，新的征途开始了，她就要告别这个城市，用一个闪亮的分数和骄傲的姿态。

最后一次，她来到武汉大学。这里的樱花只在三月开，最好的花期就那么几天。六月，已经看不到任何樱花。

她靠在樱花树下，仰起头看着天空。六月的阳光，轻轻地洒在她的脸上，很是温暖，像是他中学时对她的笑容。

是告别自己的青春，也是告别自己的初次心动。

她已经许久没有见过他了，可是仍然记得见他时的每一次感觉，心跳得慌乱，面颊如火烧一般。可是，那种感觉，也已经一去不返了。

她走上车的瞬间，轻轻把手往后一扬，细碎纸屑漫天飞扬，像纷纷扬扬的雪，又像是那一季被三月的风吹落的樱花。

没有人会奇怪。本来大四学生毕业时，就常常有惊人之举。

没有人会知道，那是一封无法寄出的美丽的信。

花满枝丫，真的很美。

可为何，走得最快的，都是最美的时光哟！

星星

他不知道自己是不是爱过。在他西装革履地奔走在钢筋水泥的森林中时，高强度的工作之余，他经常会想起她，想起她，便如想起初夏的新荷、深冬的轻雪，想起那故乡星空下青山上的阵阵清风。

那是大学里认识的一个女孩，双眸清澈，总是笑眯眯的，看上去是幸福人家的小孩，单纯而没有故事。

她的穿衣打扮很是简单，清水芙蓉的一张脸，头发也是随意地绑着马尾，或者披散在肩头，看得出来没有经过任何烫染。

那种干净，清新动人。

起初，她不过是在晚自习中静静地坐在教室的某个角落看书，但他一下就记住了她。这种感觉是没有原因的，只是因为她特别，特别的安静、干净。

渐渐地，他发现她总是固定在那个教室，那个角落自习。晚上，他总能很容易地找到她。他站在窗外静静地看她，她一手握着笔，一手扶着额，长发洒落在课桌上，眸子专注地盯着书，一副若有所思的样子。

她是学习认真的女孩子。他想。

他渐渐地也习惯了在那个教室自习，抑或是习惯在自习的时候看到她。像是看着星光下初初绽放的一瓣瓣荷花，清新澄澈的感觉。心里像是在山上吹了风一般愉悦。

渐渐地，总是在同一个教室遇见，她对他也有了几分印象。见面时，便微微一笑，算是打个招呼。不过只是点头之交，但这已经让他很高兴了。

有一天，他在图书馆前遇见了她。她抱着那么厚的一摞书，走得摇摇晃晃的，他赶紧上前帮忙扶住。她从书后探出半张脸出来，露出一双明亮的眼睛。

不知为何，他脸红了。

她微笑着，说："写一篇论文，结果找出来那么多参考文献。"她的脸也是红彤彤的，像家乡苹果树上经过了霜冻的小苹果。

他送她上楼。其他女孩子的桌上都是瓶瓶罐罐的化妆品，而她的桌子上很是简单清爽，就是两本书，一支笔，如此而已。那笔细细的，孤零零地躺在书上，像她单薄的身躯。

她那疲惫却又美丽的脸，在月光下淡淡地发光，那是一种坚韧的光芒。她对他笑着，像一朵象牙色的栀子花。

莫名的，他心里轻轻地痛。

从她低低的话语中，他知道了她贫寒的家庭，以及她肩上沉徇徇的责任。他是心疼的，可是当他提出想帮她分担时，她却不动声色地拒绝了。

风吹过来，她的长发随之飞舞，他伸手帮她捋好几缕黑发。

她抬起眼看他，却侧身轻轻躲过。他感觉到她的不适与疏离。她仿佛离他，仍然很是遥远。

后来，他们仍是没有过多交集。

只是又有一次，他们在林荫道上相遇了。她低头走着，仿佛在想着什么心事。

擦肩而过的瞬间，他叫出她的名字。

她回头，见到是他，便略带羞涩地笑了。

她似乎是刚洗过头，头发湿漉漉地披在肩上。他与她并肩走在林荫道上，淡淡的香气萦绕在他的鼻端，应该是香樟树的香气吧，还是她洗发水的香气呢，他想。但是这香气比平常的更馥郁，更令人心醉神迷。

马上就大四，快毕业了。他鼓起勇气说："难得碰面，我请你吃饭吧。"

她轻轻呀了一声，说："不好意思，晚点我要去做家教。"

她总是那么忙。他想。他对她说："你是懂事的女孩，值得所有男人心疼。"

她低下头，微笑着走了。

他站在那里，目送她远去。

白衣的女孩子，长发飘飘，林荫道上，香樟树下，黄昏的光晕，这是他记忆中永远不会淡去的画面。

忧伤的画面。

毕业后天南地北，各有故事。直到有一天，他登录大学里常用的那个邮箱。忽然在那里面，看到了她写给他的一封信。

她给他写的信里，说：等我有一天变得足够好，我再来找你。你知道王小波的一句话吗？“我希望自己也是一颗星星：如果我会发光，就不必害怕黑暗。如果我自己是那么美好，那么一切恐惧就可以烟消云散。”是的，等我足够温暖你的时候，我一定会去找你。可是，现在，我不是星星，我还需要很多时间来强大自己，你能等我吗?

他沉默了半晌，关掉了电脑。

他看着东方的天空升起的一颗灿然的星，脑海中浮现出她微笑的脸。

这封信，他看到的时候，已经太迟了。

下个月，是他的婚礼，请帖都已经发出去了。

从今往后，她就只是他心中永恒的一颗星了。

只在心中。

一个人的童话之约

水晶鞋上的青春缱绻

一

九月初开学，艳阳高照，陆小叶一个人提着两大袋笨重的行李，吃力地走进校园。

校园好大，好美。

许嘉诺就是这时没头没脑地闯进了她的生活。

她只看见宿舍下有一个长得干干净净的男生大声问她：“新生吗?”

她懵懂地望着他，不知所措地点头。

他伸手便接过她的行李，眼睛明亮，浑身都是阳光的味道：“我帮你拿行李，我可是你上一届的师兄哦。”

她低头说过谢谢。

许嘉诺一口气爬了六楼，还好心地帮她把床铺铺好。问她为什么一个人过来，她抿着嘴笑，说爸妈要让她自己一个人锻炼一下独立能力。

许嘉诺眉毛扬起，笑得神采飞扬：“是啊，怪不得你是这样特别的女生呢，人家都是一家人总动员，大包小包的。原来是你爸妈有意锻炼你。”看了下表，忽然大叫，“哇，坏了，一会我还有个篮球赛。小师妹，我走了，有什么事情需要我帮忙的，给我电话。”他随手把自己的号码写在一张纸上，递给她。

他是那种充满活力的男生，风一样地来，又风一样地走了。

晚上，小叶把那张纸平平整整地折好，放在抽屉的最里面。

心头有微妙的感觉萦绕，唇角不经意地泛起笑容。

就这样，她开始憧憬许久的大学生活。

那是暗无天日的高中想象不到的美好日子。读自己喜欢的专业，看自己喜欢的书，做自己喜欢的事情，简直像在天堂一样无拘无束，自由自在。

彼时，她盘膝坐在床上咬着一个清甜多汁的苹果，听室友讲着没心没肺的笑话，笑得差点滚下床去。

青春就是这样简单而快乐，而她，也不过是个简单而快乐的人，心中所想，也不过是安稳的生活和平淡的爱情。

二

傍晚，空气里弥漫着香樟树清新的香气。小叶独自一人，抱着书匆匆地走在林荫道上，她要到图书馆去写论文。

路过篮球场时，她习惯性地脚步一顿，正待抬头，忽然一个篮球从旁边飞速旋转着而来，眼看就要打到她了。她没有半点防备，顿时吓得呆了，站在原地一动不动，眼睁睁地看着球飞旋而来。

就在这时，一个雪白的身影在她面前一晃，伸手将球轻松接过："对不起，小师妹，吓着你了。"穿着白T恤的男生仿佛是漫不经心地对她说，目光拂过她的脸，微微一笑，转身便又奔向球场。

只剩下小叶，呆呆地站在旁边。

她看见了那男孩明亮得如同星芒的眼睛，还有他唇角不经意勾起的如夜风般柔和的笑容。

那是许嘉诺，阳光活泼的脸，和在她心里无数次默默想起的笑容。

无端地，她听见了自己心里怦然而动的声音，仙乐般微妙美好，泛起一波又一波幸福的感觉。

这是从未有过的感觉，像是春天里花开的声音。

三

在校园里，她时常会碰到许嘉诺，她常常抱着一个篮球跑过，汗水淋淋的，看见她，便笑着打招呼："嘿，小师妹，又自习去啊。"

他和大学篮球场上的那些男生一样，活力四射，好似盛夏的骄阳。

看见他，她就忍不住微笑。

只有十七岁的年纪，梦里都是星光湛然。一个男孩子英俊的脸，打篮球时充满活力的身影，便会常常出现。醒来时一遍遍怀想，舍不得醒来。

是的，想起许嘉诺，她的心里便甜甜的，仿佛已种下一棵矢车菊的种子，在悄悄酝酿淡蓝的思念。

原来喜欢一个人，是这般美好的事情。

这么远远地看着他，就会觉得很幸福。

她开始收集他各种各样的资料，知道他是那么活泼出众的一个男孩，成绩优秀，篮球更是出色，是学校篮球队的队长，在学生会也担任要职，是校园里耀眼的风云人物，还常常在各种竞赛中获得骄人的奖项。

小叶偷偷地关注着他获奖的消息，每次看到他的名字，心里便是欣然的欢喜，如同兰花浮出的一抹淡淡的幽香，好像自己获了奖一样。

四

一年一度的圣诞舞会上。

她拘谨地坐在角落，炫目的灯光让她有些茫然。她是喜欢安静的女孩子，不习惯这种热闹纷繁的场所，也从来没有来过。她之所以参加这次舞会，完全是因为他。

他，许嘉诺，会过来。

他果然来了。

他很快成为舞会关注的焦点。他是这样充满魅力的一个人，到了哪里都是舞台中心的人物。他带着蛊惑的面具在舞池里疯舞着，脚步不乱，神采飞扬。全场人都在为他鼓掌，喝彩。

室友站在她身边，感叹：“许嘉诺的魅力，真是不可阻挡。看来他今天晚上一定会成功。”

“什么成功?”她不明所以，迷茫地望着室友。

室友笑着拧了一下她的脸：“小丫头，你看起来和许嘉诺很熟嘛，怎么不知道，他暗恋方诗旋很久了。我们都知道，这次圣诞晚会，是他预备向她告白而特别组织的。”

这次圣诞晚会，是他组织的?都是因为，他要向另一个女孩子表白?

小叶的脸猛然发白，却没人发现。她咬着嘴唇，喝下一杯可乐，却喝得太猛，不小心呛着了，剧烈地咳嗽起来。室友赶紧拍着她的背：“慢点，慢点。待会我们还有好东西吃呢。许嘉诺说了，晚上他成功了，就请我们去吃烧烤。”

许嘉诺……

她也真是傻，像许嘉诺那样王子一样的男孩，当然会喜欢方诗旋那种旖旎如画的女孩。那个有着公主气质，钢琴过了八级，成绩优秀，家境优越，笑容温婉的女孩。而她陆小叶，不过是一个不起眼的小丫头罢了，连爸妈来送她上学的路费都出不起，何谈其他呢?

陆小叶，你醒醒吧，不要再做梦了。你们本就不是一个世界的人。

正在这时，全场忽然静寂下来。一束柔和的光，打在舞台中央。许嘉诺脱下面具，露出一张英俊的脸。他捧着一束火红的玫瑰，微笑着，对人群中的一个女孩说：“诗旋，你愿意做我女朋友吗？我会一辈子爱护你，照顾你……”

小叶看见了那女孩，她真的非常美丽，站在人群中，也掩盖不了她的光芒，是那样优雅而有气质，明眸皓齿，双目晶莹。女孩显然惊喜，含羞着点了点头。

许嘉诺狂喜地冲上前，抱着她旋转起来。

她看见那女孩穿着那么漂亮的舞鞋，仿佛是童话里的水晶鞋，玲珑可爱，光芒晃了小叶的眼。

大家都在鼓掌，欢呼。舞台的灯光重新炫目而耀眼地闪烁起来。

真是一个美丽而浪漫的夜晚，大家都在感叹。身旁的室友已经在盘算待会要好好敲诈许嘉诺一顿大餐。

而小叶却悄悄离开舞会，走在林荫道上，让风吹过她苍白的脸。

星星很亮，但她很孤独。

她的泪，无声无息地落下。

原来，王子是要和公主在一起的。即使是在那么浪漫的童话里，也只有一个灰姑娘，才拥有一双美丽的水晶鞋，幸福地嫁给了王子。

五

这天晚上回去，室友们都觉得小叶变了。

她还是很温和，只是气质变得越发沉静起来。以前小叶也和普通的女孩子一样，喜欢吃零食，喜欢听八卦，喜欢和室友们一起聊天直到深夜，可是现在，她去的地方不是教室就是图书馆，回到寝室时已经很晚。

她把所有的精力都集中到了学习上，拼了命地学习，仿佛这样，便可以减轻内心的忧伤。而令她意想不到的是，她的成绩突飞猛进，获得了很多她以前觉得遥不可及的荣誉。

大学里，成绩是和经济利益挂钩的。她获得了很多奖学金，并把奖学金都寄给了父母。

她觉得自己是那样平凡的一个人，除了学习什么都不会。除了拼命学习，她不知道还有其他什么办法能让自己不那么痛苦。

大四快毕业的时候，在别人看来，她已经脱胎换骨。没有人会想到初入校时那个懵懵懂懂的小丫头连续拿了三年一等奖学金，持有高级口译证书和计算机三级证书，神情沉静，微笑间，有隐隐的书卷气流转。对人说话的时候，她习惯于微笑着注视别人的眼睛，不再拘谨地垂下头去。

四年，足以使丑小鸭完全蜕变成白天鹅。

许嘉诺留在本校读研。他的目光，偶尔也会停留在她身上："嘿，小师妹，不错嘛，听说你又拿了一等奖学金。"

她便淡淡地笑。许嘉诺觉得这个女孩子一贯是疏离的，她是温和的人，可又是这样让人觉得难以接近。

谁又知道，她心里浮上了暗暗的哀伤。如果没有许嘉诺，她得到的这一切，又有什么意义呢？

她所做的一切，不过是为了他能够多看她一眼，而当他目光飘来之时，她却又心慌意乱，匆匆躲开。

毕业聚会，大家喝了很多酒，都叫嚣着说"不要让大学有遗憾”。小叶沉默半晌，咬了咬牙，拨通了许嘉诺的电话。

香樟树下，那个男孩，有着极其英俊的侧脸。

小叶喝得有点醉，但是头脑还是清醒的。晚风拂过她灼热的脸颊，带来缕缕凉意。她慢慢地走近他，心里砰砰乱跳。

他转过身来，看见她，微笑了，目光好似一簇清凉的月光。

他展颜：“小师妹，什么事？”四年了，他已经长成更加俊朗的男子，而笑容里仍是阳光的味道，正如初见时一样。

她呆呆地望着他，世界仿佛只有他们两个人，四年的时间碎片在他们之间汇成长河。而他的目光明朗，笑容清浅。他并不知情，他已经有属于他的宁静的幸福，有他心爱的女孩子。

想到这些，小叶忽然间消失了所有的勇气，她匆匆说道：“学长，谢谢你这些年的照顾。我要走了，你多保重！”

六

她放弃保研，应聘上了一家著名的外企，去了上海。

两年的磨砺，她已出落得落落大方，沉稳干练，再也不是那个眼神羞怯的小姑娘。LV的包包，精致的妆容，流利的英语。也有人追她，赞她的美。而她只是浅浅地笑。

谁又知道她在爱情面前曾是如此自卑的女孩呢？

在一次商务谈判上意外邂逅许嘉诺。她一眼便认出了他。他站在她面前，依旧英俊，轮廓分明的脸更多了一种成熟的魅力。他显然也很高兴这意外的邂逅，大叫："好久不见了，小师妹！"

她从未想过有一天能再碰见他，还是在商务谈判上。

落地窗映着明明灭灭的光，两个人面对面坐着，说起过去的故事，以及那带着笑与泪的青春。他赞叹她的干练和沉稳，说想不到当年那个青涩小丫头现在居然变得如此惊人的美丽，通身放射着光芒，是施了什么魔法？

她只是微笑。他还是那样，活泼，开朗和阳光。

无端地，她突兀地提出想看他女友的照片。

他微笑着："你应该认识的，诗旋，我们毕业后一直在一起，明年就结婚了。"他大方地取出钱包里的那张照片，递了过去。

她看到那美丽的女孩子，周身洋溢着幸福。他们一定很恩爱，因为，两人的神情，是那样的甜蜜，就连笑容，都有了相似的味道。

看到他生活得这样好，她心里忽然平静了。一种温柔的情绪在心中流转。

许嘉诺，希望你幸福。

她微笑着挥手和他告别，看着他的身影消失在人海。转过身来，她独自在流光溢彩的街上前行。

她读过一本杂志，有一句话，她一直记得："我相信在这个世界上，所有深情的人们最后总能等到幸福……所以我不会驻足不前，不会沉溺过往。”

是的，她要微笑着前行，总有一天，会听见幸福歌唱的声音。

虽然，现在，有泪，正温暖地自面庞滑下。

淡蓝色的书签

一

高一的第一堂课上，许愿记住了陈嘉言。

老师介绍说，这是我们这一届的中考第一名，大家要多向他学习。许愿抬头一见，是个挺清秀干净的男孩子，很安静的样子。有点奇怪，真看不出来他有多厉害啊。

清俊的男孩子走了过来，放下书包坐下。但他落座前腼腆地一笑，倒让许愿心里微微一动——他笑着的时候，眼睛弯起来，像月光下粼粼的湖面，那样明亮。

她不由得低下头，脸上悄悄地红了。

像是有一株洁白的栀子花，悄悄开在心里了。

高中和初中大不一样，课程难得太多了。许愿渐渐明白陈嘉言为何是第一名。这个男孩子身上，有一种沉静的书卷气。他是真的喜欢学习，甚至乐在其中。放学后他常留在教室做题到很晚。他有很多学习的小技巧。比如，他有做书签的习惯，有时候书签上会是一个数学公式，有时候会是一句名言。几乎每本书都有一枚书签，这样看书复习时，就更加井井有条。她很少见到做事这么认真仔细的男孩子。

他也热心，时常有请教他问题的同学。许愿也问，解答的时候，他的眉微微蹙起，极其认真地在草稿纸上列着公式。

许愿很想帮他把眉头抚平，可又不敢。

他起身之时，一枚淡蓝色的书签从数学书里滑了下来。许愿忙捡起，叫住他："书签掉了。"这时刚好上课铃响了。

他来不及过来拿回书签，笑笑说："没关系，送给你好了。"

许愿愕然，低头看着手上的书签。

淡蓝色的，仿佛沉淀着小雏菊静静的香。

夜晚的灯下，许愿悄悄拿着那枚书签，上面两行漂亮的钢笔字："书山有路勤为径，学海无涯苦作舟。"很俗的一句励志读书的话，许愿却颠来倒去地看，怎么也看不厌。

她不知道他是否晓得，她也喜欢淡蓝色。

二

没有人不承认这个男孩子的实力了。高一大大小小的考试，陈嘉言总是稳居前三。

许愿渐渐也沉稳起来，每晚不再跟妈妈争电视看，而是静静坐在灯下做题，成绩慢慢由中游向上游浮动。妈妈不知道原因，欢喜得直夸奖："到底长大了，懂得用功了。"

许愿只是笑笑。

她自己知道为什么。

那样优秀温和的男生，那样浮躁爱玩的自己离他太远太远，仿佛身处两个不同的世界。

许愿学习越来越努力，心里有个小小的愿望在轻轻唱歌，希望能离他，不那么遥远。

高二倒比高一过得更快些。很快，便是初夏了，期中考试又快到了。

这个夏天，雨水似乎比平时更多，叶子都被濯得碧绿清新。

数学试卷发下来，许愿叹了口气。不觉纸上渐渐暗了下来，她揉揉眼睛，看了看手表，哎呀一声："已经七点多了。"赶紧站了起来，一抬头，吓了一跳，是陈嘉言的背影。

他居然也还在，低头认真地做题。

许愿微微一怔，心，便像初荷一样绽开。

天渐渐黑了。陈嘉言站起身来，看看窗外，问许愿："这么晚了，你回去安全吗？"不等许愿回答，他说："我送你回去吧。"

雨天本来就天黑得早，又七点多了，在教室还不觉得，关了灯走出去，凄风冷雨的，一片漆黑之中还不知道是什么在呜呜怪叫，令人毛骨悚然。

校园陡然陌生起来，像是另一个世界。

许愿耳中只听到雨滴打在伞上面的声音，雨势还是不小，眼前黑漆漆的什么也看不清。她只好站住了等陈嘉言过来。还没等她站稳，忽然，脚下一滑，她惊叫一声，不由自主地往地上摔去。

忽然，只觉得右手腕上一股大力袭来，她滑倒之势立即被阻住了，只是趔趄了几步。她微微一怔，立刻明白是陈嘉言赶过来拉了她一把，才让她免于摔倒。因为她的右手腕上，是一只男孩温暖有力的手。

她低声说：“谢谢。”只羞得脸也红了，好在黑暗中他一点也看不清楚。

陈嘉言并不知道她心中所想，只是说：“小心点。雨天路太滑了。这样，你把书包和雨伞给我，拉着我的衣袖，跟着我走吧。”

许愿小声说：“好。”声音低到几乎听不清。她伸出手来，小心地拉住他的袖子。

她的伞已经收起来，和他共撑一把伞，但两个人之间，都拘谨地隔着相当大的距离。许愿刚刚差点摔跤，虽然没有摔着，可是雨伞脱手了那么一会，也让雨水淋了个半湿。陈嘉言记得路，可是路上坑坑洼洼的，有时要避开雨水，两人便免不了步调不一致而撞在一起，许愿忙说“对不起”，刚好陈嘉言也同时说“对不起”，两人忍不住都笑了。

虽然又是风又是雨，还那么黑，许愿却觉得心里无限温馨，恨不得这个校园，无限无限地大，和他就这么走着，永远也不要有尽头。

不过这当然是不可能的。不知道走了多久，两人终于跌跌撞撞地走出校园。街上街灯明亮，眼前顿时大放光明。

陈嘉言松了一口气：“好了，出了校门就不远了。”

许愿看不到他的脸，只见到他的背影。他的背影也透出一缕沉静。从来都只是想远远看着他，偶尔想起，便如冬日里静悄悄暖在心里的一缕阳光，从来没有奢望会离他这样近。

两个人静静的，都不再说话。

只听得雨声渐渐地小了，终于细不可闻。许愿抬头一看，雨停了，天空上的凉云已经散了，居然还能看见一钩儿弯月流转淡淡光晕。夜色如此温柔，浑不似刚才的模样。

许愿忍不住说：“呀，真美。”

陈嘉言也抬着头，顺着她的目光看去。

细细的凉风携带着草木清香和泥土气息扑面吹来，两人都是心神怡爽。

许愿想，她一辈子也不会忘记这个童话般的夜晚。

三

日子还是这样，波澜不惊地度过。

很快就到了高三下学期，最紧张的时刻。真正的暗无天日的日子，每天都是写写算算，许愿都感觉自己好像一个仪器在机械地运转。

四月了，小小的城镇，像个绿色透明的果子。

班主任决定组织全班最后一次集体春游。

星期六早上，大家在校门口集合，骑着自行车去，男生骑车载着女生。

大家一扫平日里的沉闷气氛，一路上说说笑笑的很开心。年轻人总是容易快乐的。

到了那片草坪，大家下车环顾四周，真是惊喜，这里何止一片让人的眼睛感到舒畅的绿色草坪？草坪边还有一片郁郁葱葱的树林，和一个白色的尖顶教堂。教堂里正在唱圣歌，歌声飘落在清凉的风里，弥漫着某种圣洁静穆的情感。

大家在草地上小心地铺开各色的彩布或薄膜，把带来的蛋糕、水果都放了下来，野炊别有一番风味。

同学们兴高采烈地表演着各自的节目。轮到陈嘉言了，他从背包里拿出一支口琴，悠悠地吹了起来。

是朴树的《白桦林》。

“那天空依然晴朗依然有鸽子在飞翔，年轻的人们消失在白桦林……”忧伤的旋律低低回旋，带有浓郁的俄罗斯民歌风味。

苍郁的树林，深远的气息。刚出芽的小草带着清新的气息，像绿色的绸子，凉沁沁的，很舒服。

许愿忽然有一种想要流泪的感动。

这次的模拟考，许愿是第三名。班主任多次表扬她，夸她后劲很足。只有她自己知道是为什么。

高考终于过去了。许愿身心俱疲，蒙头睡了三天。很快，高考成绩下来，许愿查到自己的成绩时，松了口气，发挥正常。又问到陈嘉言的成绩，极高的分数，足够他报考他梦想中的第一学府——清华大学。

晚上，同学小璐来找她，过来问她的志愿。

台灯下，许愿手里握着一枚淡蓝色的书签，微笑漫开，小璐觉得从来没有见过她这样美过，像施了魔法一般，通身放射着光芒——

她低低地说：“我想去北京。”

风喜欢树叶，我喜欢你

一

我喜欢你，就像风喜欢树叶那么自然。

常甜在日记本上悄悄写下这句话，唇角忍不住上扬，下意识地望向窗外，风正簌簌吹过橡树叶。

其实之前常甜并未和杜夕说过一句话，只觉他温和沉静，不大说话，眼里总是含着淡淡的笑意，夏天里也是一身白衬衫，干净清爽的样子，见了他便暑意全消，薄荷一样的清凉自心底升起。

直到有一天放学的时候，常甜在学校旁的小卖部买了八宝冰棍，甜津津的，有薄荷的清凉香味。正往回走时，忽然听见一个声音说：“同学，你的书掉了。”

常甜一怔，这声音低沉悦耳，好像大提琴拉过琴弦的声音。

回头一看，是个穿着白衬衫的男孩子，眉目很清俊，站在香樟树下，微微笑着看她，笑容好像冰雪融化般温暖，他的眼神极其明亮，像是星辰一般。阳光从绿叶间漏下来，照在他身上，沉淀着香樟树清新的香。

常甜禁不住愣了一下。这个男生，从来没有见过，可是心里，忽然有莫名的感觉浮了上来……

为什么觉得有一种似曾相识的意味……

风轻轻地拂过发梢，空气里是好闻的秋天的气息。阳光是那样明净，常甜走在回家的路上，轻轻哼着歌儿。

此后，渐渐地上了心。

二

那时，班上的成绩常常贴在后面的墙上。期末考试成绩出来，她仰头寻找着他的名字，看见他在第一个，却是情不自禁地欢喜。心里莫名地浮现出那个香樟树下穿着白衬衫的少年清俊的眉眼。

那次她考得不好，只有英语考试考了最高分，总成绩早落在十名以外了。其实不是不沮丧。他发的英语卷子，发给她时，那含满笑意的眸子望向她，让她心跳几乎骤停。

他只是说了一句："常甜，你英语真好。"而后便转身走了。全不知她一个人呆呆站在那里好久，握着试卷。直到上课铃声响起才如梦初醒地坐下，眼前还晃动着他的笑意。

旁边同学过来请教英语题目，常甜明显感觉到自己心不在焉，一边解题，一边心里却浮起那个男孩子清俊的眉眼。想起他的时候，好像清风拂过般，说不出的愉悦。

冬天天黑得早，常甜家又离学校远，回去的时候，已经是夜色凉凉裹了全身。夜空很漂亮，黑黑的，缀满了水钻般的星星。

风忽而地吹过脸颊，常甜想起那个眉眼清俊的少年，心里涨满了说不清的情绪，只觉得有些许轻轻的忧伤，又有些许的快乐。

三

第二个学期一开始，是调座位。常甜居然和原来的同桌调开了，她十分不舍。忽然老师说："杜夕，你就坐这里。"她的手指着常甜前面的座位。

常甜一时几乎不相信自己的耳朵。

清俊的男孩子走了过来，放下书包坐下。她没有看到他的脸，只觉得他的背影也透出一缕沉静的气质。

她禁不住也坐了下来，呆呆地。从来都只想远远地看着他，偶尔想起，便如冬日里静悄悄暖在心里的一缕阳光。她从来没有奢望，会离他这样的近。

到了教室门口时，忍不住回头一望，那个少年正好转过脸来，她看到夕阳正照在他的侧脸上，那么完美。

这天晚上，常甜吃了很多。妈妈很高兴，一个劲地说多吃点。爸爸则心疼，对妈妈说："你看这孩子累成这样……"

常甜心里有说不出的愉悦，安安静静地，可却是那么舒服、那么快乐，真的是形容不出的感觉。

后来才知道，这就是喜欢吧。淡淡的喜欢，浅浅的愉悦，那么干净、那么美好，只属于那个年纪。常甜只知道，那个晚上她做题的效果出乎意料的好，连最不喜欢的数学，也一连攻克了好几道难题。

四

数学课，老师挥了挥手中的试卷："同学们，我们开始第三单元的小测验……"

底下都是"啊"声一片。常甜记得离上次测验也还没有一周呢。

老师眼睛一瞪："怎么啦？你们还想轻松吗？在高中不脱层皮别想出去，玩玩乐乐怎么考得上大学嘛……"数学老师是小眼睛，外号叫"门缝"，小眼睛一瞪很是喜感，常甜一下就被逗笑了。

笑归笑，考试还是要考。

试卷很快发下来，分数果然残酷。她把一道错题算了一遍又一遍，始终找不到症结在哪里。于是叹了口气，抬起头来，杜夕正看着她的草稿纸，笑笑说："我给你讲讲。"他翻过一页书，拿起笔来写了一个公式："其实这个题目可以这样解答更加方便……"

常甜静静坐着，看着他在纸上笔走如飞。

杜夕讲题的时候，一点笑容也没有，神情严肃。他讲得很细："你看，这道几何题看起来很麻烦，可是如果在这里加条辅助线的话，"他用尺子轻轻地画了一条线，"这样就一目了然了。"

常甜托着腮静静地看，静静地听。

好像世界上的一切都不存在了，只有他。

阳光从窗外悄悄地溜进来，窗外时光静好，窗内年华盛放。

从此常甜和杜夕就成了很正常的前后座，但是她还是不敢主动和杜夕说话，总是他有什么事情转过身来问她。

她小声地回答，心里却是一片欢欣。

那样新鲜青涩的欢喜感觉，如同春日里刚刚出芽的青草，轻轻地在柔风中摇曳。

五

常甜的数学仍然没有太大进步，她在理科上实在是没有天分，只是在英语学习上更加用心了。她唯一擅长的便是这个科目，此后她更是将这个优势发挥得淋漓尽致。

谁能知道她的初衷只是为了他目光偶尔的停留，用郑重而欣赏的语气再和她说句话。

他也确实如此："这次，常甜你又是第一名呢。"他微笑着把试卷发到她手里，眼里浮起熟悉的笑意。这时，便是她最幸福的时刻。

高考，她自然而然地报了英语系，而他却出国了。她一直暗地里不肯停下的步伐，终于在这不可跨越的鸿沟前戛然而止。

她从此再也没有他的消息。

她也确实更加努力地学习。每次得奖之时，她耳边仿佛就传来他的声音："常甜，你英语真好。"

这么简单的一句话，却让她定下了终生奋斗的目标。

六

四年后，常甜以全优的成绩毕业，顺利进入一家大型外企工作。高薪但繁忙，她渐渐忘却了青春少年时隐秘的心事，虽然心中，仍会偶尔想起那年夏天穿着清凉的白衬衫的男孩子。

网络世界越来越发达，有了博客还不够，居然又有了微博。

她就是从昔日同学的微博关注中忽然注意到那个熟悉的名字的，忽然间心怦的一跳，时光瞬间倒流，心里蓦然浮现出沉静少年含笑的面容。

点进去一看，果然是他！

她看见他在微博上写道：十年前的九月，我遇到了一个清凉的女孩，她像是夏夜里荷叶上映着星光的露珠，我从来没有见过女孩子有这么漂亮的一双眼睛。

多少年没有这种清凉醒心的感觉了呢？常甜忽然恍惚起来，透过种种沧桑历程，一切恍然又回到最初，她仿佛不是坐在宽大办公室的电脑桌前的高级白领，而仍是那个羞涩腼腆的小姑娘，穿越时光的罅隙里，洒下多少明明灭灭的记忆。

她会永远记得，在十七岁，夏末秋初的时候，遇见的那个白衣清俊的少年。

那安静沉默的青春，已经沉淀成岁月的童话。

正出神间，办公室的门被轻轻敲了两下，然后吱呀一声打开，一张英俊成熟的男人的脸：“小甜，我们该去接念念放学了。”

她答应一声，随手关了电脑，带上门出去。电脑桌上，一家三口笑得正甜蜜。

琥珀森林

十六岁的时候，有一种微妙的情感，一直在湉湉心中酝酿，清酒一样芬芳。

他是坐她后面的叶青，长得高大，又极擅长打篮球。他理科成绩非常出色，英语却不怎么好，于是总问湉湉英语试题。湉湉很细心地给他讲解，他听懂了，笑起来，牙齿洁白，可以去做黑人牙膏的广告："湉湉，谢谢你。"

湉湉心里忽然微微一动，好像风轻轻吹过琴弦。

他却拿起湉湉的英语试卷，再看看她桌上分数惨不忍睹的数学试卷，笑嘻嘻地说："湉湉，要是你数学也有英语这么好就完美了。"

其实他不过随口的一句话，湉湉却生了气，不理他了。

放了学，湉湉收拾书包，走出教室。忽然听到叶青在背后叫她，她诧异地回头，又看到那个笑容，像是冰激凌在阳光下缓缓融化的笑容。

他跑过来，递给她一枚巧克力："湉湉，请你吃！"

他的眼睛笑起来的时候，眯了起来，非常温暖。

湉湉愣愣地接过来。男孩子挠挠头，笑着说："我走啦，别生气了！"

风静静地吹过走廊，细细吹来草木芬芳。

湉湉觉得自己的心像一枚小橘子，甜美又有一丝淡淡的酸味。

重点中学的学生，被高考的分数和家长的期望重压着，谁也不敢想太多，每天两点一线，奋战在书山题海。

于是，下课和叶青聊天，就成了湉湉最快乐、最放松的时候。

他们什么都聊。

有一天叶青忽然问："湉湉，以后你想报考什么专业?"湉湉抿嘴一笑，翻开书给他看，一缕清新的草木芬芳扑面而来。原来洁白的书页里夹着各种叶片，羽状的、掌状的、锯齿状的……平平地压在书里，像是印在纸上的一样，很是好看。

他想不到书里还有这样一个缤纷的植物世界，看了半天。

湉湉说："我想报考生物学，我喜欢生物！你呢?"

叶青满是神往的表情："我想考北京航空航天大学，研究火箭飞天，多酷！以后我们一起去北京吧！"

湉湉低下头，偷偷笑了。

叶青还是喜欢问湉湉各种各样的英语问题，总是有什么事情就转过身来问她。

她细心地回答，心里却是一片欢欣。

似有浅淡花香，轻柔萦绕。

高二会考过后，大家略微松了一口气。

暑假来临，大家都把这个暑假看成黑色高三前最后的狂欢。

湉湉心里却在悄悄酝酿一个橘子般甜美的小计划。

“叶青!”放学后，她笑吟吟地叫他，递给他一个淡蓝色的小盒子。

叶青疑惑：“是什么?”

里面满满的都是信件。她曾经在灯下，一个人，给他写了那么多信，却是一封都没发出，小心地收藏了起来。而现在，她很想让他知道。

她只是微笑：“一定要记得好好看哦。”

他点点头，嘀咕：“神神秘秘的。”

湉湉脸上已经红了起来，赶紧跑了出去。

他看了信，会明白她的小心思吗？整个夏天，湉湉都在甜蜜的憧憬中度过，可是一个电话也没接到。

当夏天接近尾声的时候，她再也忍不住，跑到叶青家里。

叶青正在做模拟题，见她来了，很是惊讶，赶紧去拿冰激凌给她。

她摇摇头，不接他递过来的冰激凌，只是咬着下唇问：“你看了我的信没有?”他尴尬地笑笑：“一放假就跑去三亚了，才回来，堆了那么多暑假作业，正拼命做呢，没顾得上看。”

她于是笑笑，伸出手说：“还给我吧。”

他有些惊异："我还没看呢。"

"没什么东西，就是问你一些题目而已。"

开学后，叶青遇见湉湉，她把乌黑柔软的头发扎了起来，穿着英伦风的格子裙，从他身边走过，再没看过他一眼。

男孩子觉得很委屈，不懂为何。

高三整整一年，她没有跟叶青再说一句话。

高考，她考上了复旦大学。叶青如他所愿，考取了北航。

上海那样小资的城市，明丽的画舫在黄浦江上行着。湉湉喜欢在江边走，看对岸的东方明珠，想起十六岁的时候，那个男生扬起的眉："以后我们一起去北京吧!"

"湉湉!"忽然间，身后传来熟悉的声音，几乎让她以为是回忆里的声音。

转过身去，她愕然，眼前，是十六岁梦中出现过的脸。

叶青兴冲冲地跑过来："好巧，在这里也能碰到你!"

湉湉怔怔地说不出话来，心里刚刚泛起一丝涟漪，叶青很兴奋，说："我女朋友一直想来上海看东方明珠，我就带她来了，没想到这样也能碰见你，湉湉，咱们太有缘了!"

湉湉这才注意到叶青身边有个身段纤柔的女孩子，细眉细眼，笑起来很温暖，有点儿像他。

湉湉愣了一下，只好微笑："好久不见。"心里感觉还是如同一个小橘子，只是是未熟的小橘子，酸酸涩涩，差点儿泪涌上来。

在叶青眼里，这不过是普通同学的碰面，打过招呼之后就牵着女朋友的手向另一个方向走去。全不知湉湉的心里，有如落花满地。

她看着他的背影渐渐远去，像是看着自己的年少时光，渐行渐远。

年少的时候，总是很容易就喜欢上一个人，也很容易就与那个人擦身而过。然而，那样的年纪，任何回忆都是美好的。站在岁月的长河旁边，看着时光浮泛而来，悄悄进入琥珀森林一般的记忆。

似水年华，永不能忘。

唐果的秘密

一

唐果回过神来，发现自己居然在几何体的辅助线外用铅笔写了“段亦景”三个字。

手忙脚乱地擦去，妈妈在外面喊：“果果，快下楼去，小景来给你送山竹了。”

唐果忙噔噔噔地跑出去，刚洗了的头发还湿漉漉地披在肩上，满是清新的水果香味。

唐果和段亦景是同学，还是邻居，自然青梅竹马一起长大，一起结伴上幼儿园、上小学，一直到现在上了中学。

不知道从哪天开始，唐果忽然有了奇奇怪怪的心事。

莫名其妙地就会微笑，同时还脸红。

这不，段亦景送山竹过来，这是她最爱吃的果子，坚硬的果壳内，却是那么晶莹剔透的果肉。他已经剥开一个了，笑嘻嘻地递给她。

她咬着甜美的果肉，猛一抬头，看到他脸颊上温柔的酒窝，心忽然变得很乱。

她噔噔噔爬上楼去，忽然又回过头来，对他使劲挥手。

段亦景莫名其妙。

为什么长大了一切都变得不一样了，唐果不明白，心里有些失落的又有丝丝的甜蜜！唐果被自己吓了一大跳。

忙忙找来镜子，看自己的脸上，玫瑰色正晕染开来。

二

这天是周五，下午的最后一节课，大家都有些心不在焉。唐果记着笔记，也有些走神。

抬头看段亦景正望着窗外，她有些奇怪，段亦景是极少出神的，不禁也望向窗外，只见红光满窗，这天的夕阳格外浓烈，如同红酒一般。她低头看到课桌上有一汪阳光，忍不住轻轻伸出手，托住了那缕阳光。

掌心瞬间感到一阵温暖，那汪阳光如盈盈的橘子汁一般，在掌心滚来滚去，颜色鲜极艳极，如此可爱，如此亲近，让人错觉自己可以把夕阳留住，把时光留住。

她正看着那缕阳光发呆，不妨段亦景转过头来，看到了她掌心的阳光，微微一怔，然后对她一笑。

她脸上一红，不知道在他眼里她这个样子是不是挺傻的，赶紧放下手，假装听讲。

他的眼眸真是清亮。

放学路上，唐果和段亦景照例一起回家。两人有一搭没一搭地说着话。

“段亦景，我们做一辈子的好朋友，好不好?”

“当然好，我们本来就是好朋友啊。”段亦景笑眯眯地说。

唐果的脸一下子红了，她想说我要说的不是这个，终究没好意思说出来。

三

有一天上学的时候，唐果跑下楼，看见段亦景正推着一辆自行车。

“买车啦?”

“是啊，果果，这样快些，你早上不是老起不来，这下你可以多睡会嘛。”

唐果的脸又是微微一红。

唐果双手紧紧握住单车后座，她从来没有这么接近过他，如此接近，近在咫尺，只觉得一颗心怦怦地跳得厉害。

段亦景也是，骑着车带她，只觉得她很轻，可是手心里都是汗。

在过一个红绿灯的时候，段亦景车头一偏，很快便扳正了，唐果却猝不及防，轻轻“啊”了一声，手下意识地揽住了他的腰，随即回过神来，赶紧松手，双颊发烫，知道自己肯定满脸通红。

段亦景微微一怔，脸上也是一红。他努力稳定心神，说：“唐果，你扶好。”继续骑车。

风真是清凉，朝霞真是美。

如果有可能，他希望这段路永远不要有尽头。

青春洋溢的男生骑自行车，后座带着文静清秀的女生，怎么看都是一幅美丽的画儿。

四

唐果生日，照例会请段亦景，还有一大帮同学。

他不知道送什么东西给她，满书店地走，最后还是决定买了一套他认为很好的语数外的参考书，又买了一个很精美的笔记本。这个笔记本的封面十分别致，是一片湛蓝的大海，海上一点小小的白帆，似乎在做着蓝蓝的远航之梦。而海上是一片淡蓝的天空，天空上一朵小小的白云，正与白帆遥相辉映。

连打开的页面里，也是十分典雅纯净的蓝色。他一见就喜欢，也肯定，她也会喜欢。

回到家里，灯下，他很郑重地写着："愿我最好的朋友，生日快乐。"

下了课，段亦景很快便来到了唐果家。唐果忙来忙去地摆着碗筷。唐妈妈做了一大桌菜，有龙虾，有辣椒炒肉，有剁椒鱼头，有冬瓜炖排骨……丰盛得很。段亦景没吃过龙虾，看着龙虾只觉新鲜。她看他的样子，说："龙虾很好吃呢。"他只是笑，实话实说："我没吃过。"唐果听了，便拿起一只龙虾做示范给他看，先拿起来，摇一摇，壳便很容易剥落下来，露出晶莹雪白的虾肉，她很自然地放在他碗里，抬起头，笑容明亮："尝尝，很好吃，我最爱吃了。"

他低下头来，吃了一口，果然鲜爽嫩滑，说不出的美味。

她见他点头，很是高兴，说："那你慢慢剥，慢慢吃，今天我妈妈做了好多呢。"

大家吃得差不多了，唐果又忙着帮唐妈妈收拾碗筷。唐果低头收拾碗筷，段亦景看着她，只觉得她收拾碗筷的动作干净利落。只是定定的看，几乎出神。很快桌子便清理出来，唐妈妈关了灯，点了蜡烛。

十六根蜡烛的烛光摇曳着，花样年华跳跃在其中。

她低着头，真的静静地许了个愿。

段亦景看着她低着头，长长的睫毛像一把小扇子，在她雪白的脸上投下阴影，样子是那样好看，禁不住又有些出神。

唐果终于睁开眼，一口气把蜡烛吹灭了，大家鼓起掌来，然后分蛋糕吃。

在家里当然不敢打蛋糕仗，就这么乖乖的，一块一块地吃了。唐果喜欢吃巧克力，唐妈妈特意买的巧克力蛋糕，果然好吃得不行。

临走时，同学们在门口和唐果一一告别。刚刚走到院里，背后忽然传来清脆的声音：“段亦景！”

他微微一怔，回过头，果然是一张清秀的脸。

唐果刚刚赶下楼，有些微微的喘气，她手上拿着两个苹果，递给他说：“给你！我妈妈说，让你晚上学习的时候吃，既可以补充维生素又可以吃饱肚子。”

然后对他一笑，转身走了。

他定定地站在原地，低头看着手上那意外的馈赠。

五

唐果回到书桌旁，心里好像有无数的话要说，却又说不出来。怔了好一会，拉开书桌的抽屉，找了段亦景送的那个很精美的蓝色本子出来。

她打开第一页，用纯蓝色的钢笔端端正正地写着：“从今天开始，我要记日记了……”

段亦景回到家里，已经很晚了，父母都睡了。

他洗漱完毕，把那两个苹果放在床头。

苹果散发出清甜的香气。

他舍不得吃。

直到快要十二点了，他才下决心吃掉。一口一口，清甜绵软。

只是一心一意沉浸在那种甜美之中。

月亮淡淡地照在窗台，蓝色勿忘我在窗台上轻轻摇曳。

第二天，又能见到她。

青春多好。

六

同一时间，唐果趴在窗台上，看着皎洁的一轮圆月，怎么都睡不着。

段亦景，你这个傻瓜。

她悄悄说了一声，又忍不住低下头笑了起来。

也就是在这时，唐果开始迷上折小小的幸运星。买了很多那样小小的和日记本一样淡蓝色的纸，纤长的手指灵活地上下翻飞，折进女孩子清凉细致的心事。

然后，把折出来的精致的幸运星，放进一个透明的玻璃罐，藏在抽屉里。

唐果不知道他是否真的明白，她跑上楼，看见他在楼下发呆。

有些事，不说出来，放在心里，会不会比较好。

唐果坚信，终有一天，段亦景小傻瓜会懂得唐果所有的小心思。他们会手牵着手一起幸福地走下去，直到岁月的尽头。

唐果想着想着，禁不住微笑起来。

风吹过来，携来露水的清凉气息。终有一天，唐果和段亦景都会长大，而现在，未来的一切都是那样神秘莫测，充溢着无限美好的可能。

等有一天，他和她可以站在时间的彼岸，微笑对望，春暖花开。

蓝色手套和棕色小兔

唐青第一次见到温玉是初三开学的时候，当时温玉正从教室里出来，有人叫她，她便回头一笑，眼睛像月牙一样弯起来，甜甜的笑靥，十分可爱。

他心想，她真像一只刚刚走出森林的小鹿，伶俐、活泼，又开朗。

原来是北京过来的转学生。

老师分座位的时候，恰巧把他们分在前后座。渐渐地，他俩熟了，成了无话不谈的好朋友。她总喜欢笑，笑的时候眼睛弯弯的，整个人都明亮起来。他最喜欢看她的笑容，一看见就忘记了所有烦恼。

温玉很喜欢画画，一下课就在草稿纸上画个不停。他转过身来，看她用蜡笔画画。她的画风跟她的人一样可爱，用笔简单，却又充满灵气。他极喜欢她所用的那种粉粉嫩嫩天使一般的颜色。她戴的围巾也是这种粉粉嫩嫩的蓝色。

她有一次问他："你 QQ 空间密码是多少？"

他不假思索："cptbtptpbcptdtptp。"

她听得呆住："哇，你好厉害，这怎么记得住？"

他不好意思地挠挠头："吃葡萄不吐葡萄皮，不吃葡萄倒吐葡萄皮。"

她乐得咯咯直笑。

这样的日子真是快乐。

冬日里的一天。

听到温玉住院的消息，唐青坐立不安，立马赶过去。

她泪汪汪地看向他，眼睛里一闪一闪的，像是含满了露珠，要溢出来。

见她这么难受，他的心也跟着揪起来，恨不得病的是他，而不是她。

问起来，原来是放学回家她自己一个人做饭的时候，被油烫伤了。他很奇怪，问："你爸妈呢？"

她小声说："他们在北京呢，闹离婚……"

唐青断断续续地听她说起她家里的事情。原来，她快乐的外表下有那么多的心事。她之所以转学过来也是因为家庭的缘故。而她总是单纯无忧的样子，这让他不由得心疼起这个女孩来。

她现在住在姑姑家，但姑姑工作也忙。于是，他自告奋勇："我帮你做晚饭吧。"

她泪眼蒙眬："你会做？"

他肯定地点头："当然会啦，我爸爸就是厨师。"

她终于破涕为笑："要是不好吃，怎么办？"

他心情马上好起来："怎么办，凉拌呗。"

他拿了钥匙来到她家，打开冰箱，食料很齐全。他给她炖了一个排骨冬瓜汤，用小盅子慢慢地熬着。一点一点的蓝色火苗滋滋地舔着，香味渐渐弥漫了整个厨房。

他翻着手里刚买的食谱，数这个菜最简单了，又营养。

他耐心地守着，等汤香浓了，就装进自己带来的棕色兔子外形的保温杯，小心地带上门出去。

温玉正等得有点恹恹的，看到他眼睛就亮了。忙向他招手，笑着说："我尝尝好不好吃。"唐青拿出小兔保温杯，说："慢点，好烫呢。"

她一见保温杯就喜欢上了："好可爱!"她双手拢在小兔的耳朵上，笑得像个只有三岁的孩子。

不知怎的，他只要一看到她的笑容，内心就变得非常宁静、非常幸福。他说："你慢慢喝哦，我回去了，还要做作业呢。"她笑眯眯地点头。

这几天，温玉喝了各种各样的汤，全是唐青想方设法炖出来的。

天气越发冷起来。他的手套坏了，每天又拎着保温杯过医院，手指冻得像胡萝卜。

她看着他红肿的双手，泪汪汪的，又想哭。

他安慰她说："没事，我一到冬天手就生冻疮。"

晚上，她拆下自己蓝色围巾上的毛线，找出白天向姑姑要的针线，重新编织起来。

她是很灵巧的一个人，虽然只看过妈妈织毛衣，却记住了编法，只是速度很慢，反正她的时间多得是。渐渐地，一双漂亮的蓝色手套就织好了。她还用白色棉线在上面别出心裁地织上几朵白色雪花，顿时有了童话的美丽。

圣诞节的前一天，他裹着一身凉气跑到医院。手里和往常一样拎着小兔保温杯，但是病房里空荡荡的，只有一床叠得整整齐齐的被褥，旁边放着一封信，还有一双天蓝色的手套。

唐青顿时怅然若失，他知道肯定发生了什么，于是拿起信，打开来。

是熟悉的清秀字迹。温玉说她父母接她回北京治伤去了，那里医疗条件更好。赶飞机很急，没来得及告别。天很冷，一定记得戴上她送的手套。她骄傲地说，织好后，爸爸妈妈都想要，她谁都没给。

最后她写：爸爸妈妈和好了，我也就回北京读书了。大学里再见！我会考复旦的，你呢？我喜欢那个棕色小兔，千万给我留着哦，有了这个，下次见面我才能认出你啊。

看完信，唐青拿起那双手套，入手轻软，蓝得很好看，像是手里掬了一捧梦。

等到大学的时候见面，会不会是一个美丽故事的开端呢？

淡绿色的清凉

一

程晓璐接过勤工助学中心发给她的表格，微微抿一抿唇，便低下头去填写了。

尚杰静静地看着她。

这个女孩子穿着样式简单的黑衣，更衬出她的瘦削、优美，眼睛很大，嘴唇紧抿着，显出一种清新的倔强。

她不同于他所见过的任何一个女孩子。自然，他心里轻轻地叹了一口气。她那不同寻常的气质，是因为她的家庭造成的。

父母离异后纷纷离开，只剩她和外婆相依为命。而此时，外婆却已年老体弱，逼得她不得不以这柔弱之肩，一力扛下生活之重担。

尚杰怜悯地看着她，开口说：“我这里还需要一个家教，你有时间做吗？”

那女孩猛然一抬头，大眼睛灿若明星，亮得让他几乎睁不开眼来。“谢谢你，学长。”她低声说，声音细微而清脆。

程晓璐看着面前高大的男孩，眉目清秀而英俊，有一种温和、令人心安的气质。

他轻轻颔首，一旁的助理蓝翔带她出去，办理一些手续。

他静望着她的背影，是那样娇柔瘦弱，不盈一握，仿佛风轻轻一吹便能吹走似的。

不由得心疼。他呆呆地想，还有什么能帮到她的。

二

晓璐是异常努力的女孩子，所有痛苦艰难都只藏于心中，外人只看得到她脸上淡淡的微笑。她拼了命地学习，拼了命地做家教，脸上越发的瘦，眼睛越发大而深黑。

她从不说，直到蓝翔惊讶地指着她颊上铜钱大的一块瘀伤问时，她这才微微垂头，双肩轻轻抖动，显出一丝柔弱来。

外婆渐老，行动不便，她每晚都要扶老人家上厕所。前一晚，因温书太久，困顿不已，手上无力，两人一齐摔倒。她一心护着外婆，自己却磕在门槛上。

他忍不住叹息，手指轻轻拂过她发梢，仔细地察看那块瘀伤。她却小鹿受惊般躲开，睫毛长长的，蝶翼一般闪动着。

他这才察觉自己的忘情，禁不住尴尬一笑。

她也释怀地点头，抿唇微笑。

而她却不知道，当她第一次走进勤工助学办公室时，小鹿般伶俐深黑的大眼睛，散发清冷的气质，目光转处，却笼罩了一室的光华。

蓝翔顿时怔住。她身上有种清新透明的气质，是青春的忧伤，青春的叹息，就像岩井俊二电影给人的感觉。

有些事就是这样发生，无法阻挡。

三

次日，尚杰也看到她脸上的瘀青，吃惊之下，问明情况，不由得皱眉。阳光下，女孩的肌肤雪白，如同浸在水里的茉莉花，清灵娇嫩，这让那一块乌青的瘀痕显得更加触目惊心。

她抿着嘴唇看他，唇角依然是那丝倔强的微笑，如同沐浴着星光的山菊花，孤独却美丽。

他轻轻叹气，便带上门出去。不多时回来，手上多了支药膏。他递给她，温和地说："涂上这个吧，你会感觉好些。"

她怔忡着接过，说了声谢谢。下意识地，转身便去找镜子。办公室却没有镜子。他见她目光流转，便已知其意。略一思索，又再拿过她手里的药膏，"我来吧。"他说。

他的手指轻轻拨开她柔丝般的乌发，将淡绿色的药膏均匀地涂在她的伤处。她闭上眼睛，闻着药膏的中草药气息，有一种亲切包容的感觉。灼热的伤处感到丝丝的清凉，可是脸上，却很烫……

他专心地给她涂好药，然后把药膏放到她手里，说："好的，可以开始工作了。"

整个上午，她都处于梦游状态，脑海里都是他给她涂药的那个片段，他专注的眼睛，他挺直的鼻子，他英俊而温和，如同王子一般。

她觉得心慌意乱，十七岁的人生里，头一次感到了某种异样的情绪，如此微妙，如夏日绿叶间的簌语，仿佛有丝丝的甜蜜在空气里绽放开来。

四

即使有伤，程晓璐仍然坚持做着兼职。一日，尚杰从实验室出来，在夜晚沉淀着草木清新之气的林荫道上，碰见裹着一身凉气的她，夜色中瑟缩着，眼睛却极是明亮，如寒夜之星。

她也看到了他，微微笑了：“学长你好。”她的声音清冷却悦耳，如同风铃叮当。

“怎么这么晚还没回家?”

“哦，我刚做完家教回来，回实验室拿点东西。”

路灯下，一双明亮的大眼睛更衬托得她脸色苍白，他忽然一阵心疼。

于是，他带她去学校附近的小吃一条街喝粥。那里，有着种类繁多的小吃店，老板娘殷勤地招呼着，色泽诱人的各色美食氤氲着人间烟火的奢侈。

他把一碗皮蛋瘦肉粥放在她面前：“晚上，喝点清淡的东西。你看起来很累，晓璐。”

她脸上一红，低头专心地喝粥。在这样寒冷的夜里，闻到那热气腾腾的米粥的香味，早就把心情搞得绵绵软软的。喝到嘴里，她才诧异，没想到是那样好喝的粥，鲜香可口，味美难言，是那样给人以温暖的慰藉和踏实的亲切。她只觉得浑身暖和起来。

他也在一旁静静地喝粥，看着她苍白的脸上渐渐泛起健康的红晕，觉得安慰许多。他其实不饿，但为了让她喝粥不那么拘谨，他便也陪她喝了一碗。

喝完粥她觉得浑身暖洋洋的，好像太阳照在身上一样，重新又充满了力量。她抬起头，微笑："学长，谢谢你。"是真心实意的感谢。

他却蓦然一惊，这个清冷倔强的女孩，仿佛卸下她防护的所有武器，眼波流转，巧笑倩兮，美目盼兮，笑起来纯净得像个孩子。眼前的女孩，焕发着活泼的生命力与青春气息。

也许她是太缺乏爱了，他想，一碗皮蛋瘦肉粥就能这样地温暖她。

他微笑着说："多吃点好吃的，你知道吗，有一句说的是，胃骄傲了，心才能骄傲。"千万要对自己好一点，晓璐，别那么累。他在心里默默地说。

她点点头，又是微微一笑。

他忽然希望多看到她的笑容，原来她笑起来是这样好看，宛若宝石一般璀璨生光。

他送她回家，她没有住校，因为要照顾外婆。年迈的外婆看到家里来了客人很是高兴，颤巍巍地起身，她赶紧扶住外婆，然后娴熟地泡茶，拿水果。

她低着头削着一个苹果，侧面优美。

路灯下，他对她说："晓璐，你一定要幸福。"

这样倔强的女孩子，实在令人心疼。

而她的心却怦然而动，为他郑重而又温柔的语气。

五

不久后，她脸上的瘀伤已经渐渐好转，终于消失了痕迹。而她心里的清凉芬芳却愈来愈浓郁了起来。

那药膏剩下不多，但她舍不得扔掉，宝贝般地放在自己的枕头下面。时常能闻到散出来的淡淡清凉的气息，她便心旌摇荡。

每日学习之余，偶有闲暇，心里便都会浮现一个影子，而这时她却总是脸红，快快跳开，不敢多想。

她一天比一天更想念他，仿佛沉入一个漩涡，欲罢不能。尚杰一个微笑，一个眼神，一个举动，都能在她心里留转许久。只是，她从来不敢让任何人知道，包括尚杰。因为他，早已有女友。

她见过那女孩，喜欢穿一身红衣，双眸明澈似水，满身皆是青春活泼的气息，开朗热情，叫人看了就开心。

就是这一天，她看见了那个女孩。彼时，她正在勤工助学办公室整理文件，忽然一个红衣的女孩子进来，欢呼一声，搂住了尚杰的颈项。

是那样张扬而又甜蜜。尚杰也宠溺地拍拍她的头。

晓璐怔住，忽然反应过来，脸上微微一红，看见他们相拥在办公室，金童玉女，宛若一幅极好的油画，心里忽然一酸，赶紧带上门出去。

草地上，柳枝儿在头上轻轻飘啊飘，像少女的长发一样。她惘然地想，那女孩真是美如玫瑰。而她，不过是生在山地上的一朵小野花罢了。

敏感，还有点隐隐的自卑。可是，并不是说放下就能放下的。

她把QQ签名满怀惆怅地改成“山有木兮木有枝，心悦君兮君不知”。次日，便收到他的QQ短信：“小丫头，最近在看古典文学吗?”

她暗暗叹了口气。传说，楚国王子鄂君子晰泛舟河中，打桨的越女爱慕他，用越语唱了一首歌，鄂君请人用楚语译出，就是这一首美丽的情诗。鄂君子晰终被歌声打动，微笑着与越女一同泛舟远行。

这是个浪漫而荡气回肠的故事。

可是，生物系的他并不懂这些。她也不敢让他知道这些。

他已经有了女友，何必去打搅他的幸福与宁静呢?

这样也好。

正茫然若失，忽然蓝翔的头像跳动，随手点开，对话框跳了出来：“晓璐，你是不是有什么心事，跟我说说，好吗?”

没有任何预兆的，她的泪，忽然滑下。

山上，晚霞笼罩，四望青青。

她呆呆地抱膝坐在石上，眼神纯净有若孩童，就这么沉默着，遥遥望着落日。

女孩忧伤的脸在那一片辉煌中显得玲珑剔透。

蓝翔坐在她身边，他很少看见她脸上有这种空灵的落寞。忍不住轻叹一声，多多少少也猜到了一点。

她始终倔强而独立，拒绝任何人的帮助，拿一等奖学金，做很多兼职……她没有太亲密的朋友，尽管不少人心疼这个孤独的女孩，可是她几乎拒绝来自任何人的关怀。

这样的女孩子，因其神秘且美丽，散发出致命的吸引力。

可是她的目光始终没有在谁的身上停留过，除了尚杰。

蓝翔是那样聪明的一个人，又是那样关注晓璐，自然能读懂最近她脸上的微红、眼中的笑意，以及酒窝里的阳光。

这些，他都知道，因此不敢多想。能默默地守候一个人，已经很好了，他想。

可是现在，是一向坚强的她最为脆弱的时候。

两人都不说话，身畔散着草木的清香。

暮色渐渐潮水般涌来，黑而且凉。晓璐忍不住瑟缩了一下，抬起头来，却碰上蓝翔清亮的眸子。

他静静地看着她，向她伸出手来，缓缓开口："晓璐，今后，就让我来照顾你，好吗?"是低沉，而又悦耳的声音。

回来时，她的小手已经放在他温暖的掌中。

他们恋爱了。

六

第二天，晓璐和蓝翔一起来到办公室。尚杰见两个人一起进来，有些诧异。起身，看到他们紧握的双手，目光中闪过一丝惊讶，便平静如常了。他微笑着说："蓝翔，要照顾好晓璐。"

晓璐忽然觉得眼眶发烫，紧紧咬着嘴唇。

她已经吃过很多苦，这点苦，她可以忍住。

即使如此痛彻心扉。

两人也一起下班。尚杰走到窗前，透过窗帘，他看着他们离去的背影。香樟树下，阳光明明灭灭地散落到他们身上，是很美好的图画。

不知为何，他轻轻叹了口气。

明知道是无望，可是在心里仍有默默的思念，尤其是……每天都能见到他的时候，她的心里，便逸出淡淡的清凉的香味，熟悉而亲切。

蓝翔相信，总有一天，晓璐的笑容会为了他而绽放，她明亮的眸子里，也会有他的影子。她不会再忧伤、再难过，因为有他，会一直陪在她身边。

晓璐已经带蓝翔见过外婆，外婆很喜欢这个俊朗活泼的男孩。可是，蓝翔走了以后，外婆仿佛是不经意地提起："囡囡，上次你带回来的那个男生呢？很不错的男孩啊，外婆开始以为啊，他才是你男朋友。不过，这个男孩子看上去也是个好男孩啊。囡囡，你自己要把握啊。"

她正收拾碗筷的手微微一顿，心里一疼，疼得几乎说不出话来。可是，话音里却装出愉快轻松的语气："外婆，我喜欢他，你放心好了。”

自己的事情，自己会处理，不能让外婆操心。

忽然接到文件。原来系里推荐出国交流，本来老师指定了尚杰，但是尚杰婉言谢绝，反而大力推荐了她。她的成绩和能力也已经通过考评。

她找到他，他正在办公室打着文件。见她进来，眼前一亮，站了起来。

她脸色有些苍白地问：“学长，是你推荐我出国交流的吗?”她一直叫他学长，尽管他多次微笑着说叫名字便好了。可是，她一直这么坚持着，因为这样，可以让她想起初次见他的时光。人生若只如初见。她可以骗骗自己，其实，一切都没有改变。她是刚进校门的小丫头，而他，是宽厚温和的英俊学长。

他期待地看着她：“这是很多人梦寐以求的机会。晓璐，你很优秀，也很努力，我觉得，你比我更需要这个机会，你一定可以的……”

而她仿佛站在了无人的旷野，全身一点点发凉，直至寒彻心底。

难道你不知道我最大的幸福就是每天都能看见你吗？现在，你连这点幸福都不给我吗?

他还兴致勃勃地说着什么，她却冷冷地转过头：“不去!”

他一下怔住了：“晓璐，这关系到你的前途……”

“不去就是不去。”她倔强地说，没有一丝转圜的余地。

而她终将离开。

外婆知道了之后，很是欢喜，催促她去。她从来没有不听外婆的话，这一次，也是如此。

蓝翔送她，见她一脸忧伤的表情，笑着握了握她冰冷的手："只有一年，晓璐，你马上就可以回国。不要想外婆，我会照顾她的。"

他轻吻了一下她的额："晓璐，我等你回来。"

一直到起飞前，她仍在期盼着什么。直到快上飞机了，蓝翔使劲地向她挥手，她向他微笑，眼里的泪珠滚来滚去，始终倔强地不落下来。就在这时，她忽然看见不远处一个穿着白色衬衣的身影一闪，是永远也不会忘记的那个人。

九万英尺高的天空中，她闭上眼睛，泪，终于流了下来。

尚杰看着她的银色飞机飞向那浩瀚的蓝天，终于消失不见，轻轻地叹了口气。

他从口袋里取出一管药膏来。那是上次，她的脸上受伤，他担心一管药力不够，就多买了一支，放在自己这里。可是却再也没有机会给她。

上次，在军校读书的妹妹，放假来看他。好久没见的兄妹俩有些忘形，于是发生了在办公室紧抱他的情形。一瞥处，却看见她失神的目光，还有黯淡的表情。忽然间明了了她的心事。

再倔强也是平凡的女孩，也会有憧憬的爱情。而他是一直那么心疼她，却不知道，她钟情的居然是自己。

看到她 QQ 签名的那句话，他心里微微一动，她真的误会了。本想要马上告诉她事实消除这个误会。可是，那时正陪着妹妹逛街。军校生活是那样呆板，而妹妹是那样活泼的一个女孩，他不忍拒绝，只来得及用手机给她发个QQ短信，想说什么，还是没说，这种事情，信息里说不清楚，还是第二天亲自跟她说吧。

而第二天，当他看见她和蓝翔紧握的双手，就已明白，一切都已来不及。

谁又知道当中这些曲曲折折的故事？也许，缘分就是这么奇妙的事情。他和晓璐，终究是少了缘分而已。

他手指摩挲过药膏的外壳，轻轻拧了开来。

一缕清凉微苦的芬芳缓缓地溢了出来，浮在他身畔，久久不散。

正如他此刻的心情。

橙子走失在某一天

一

当我出现在南天面前时，穿着白底蓝花的衬衣、长长的百褶裙，颈上挂着一个小小的木头坠子。我静静地站在早晨迷离的晨光中，裹一身的清凉，抬起眼，不作声。

这与我以往的形象南辕北辙，天知道我为了变成这般模样花了多少心思。

橙子曾经说过："钟儿，南天是那样的一个男生，按你的说法就是英俊干净，温和踏实。他喜欢的，必定是纯白安静、笑容清浅的女生。而你，断断不是那种类型。"

我点点头，很乖巧地笑。转身便抓条他最怕的小虫丢在他书上，然后一脸无辜地看着他脸色突变，然后以百米冲刺的速度逃离。

我当然知道，南天家境优越，亦有着良好的家教，当和他对视时，他眼神澄净，散发着真正王子的光芒。

我不是公主，可是我和每一个女生一样，心里有对王子悄悄的渴慕与向往。

那次全校英语演讲比赛，我拉了橙子去看，橙子不情不愿，嘟囔着说晚上还有实验。到底拗不过我——这是我意料之中的，从小到大，他从来没拂过我的意。我仗着这个，经常在他面前无法无天。

就在那次比赛上，我看到了南天。他是全场的焦点与光芒所在。那么多人里，他仍然有着耀眼的光芒。站在台上，他的眉如水墨画中最浓的黑墨，而他的眼，则亮如月色下潋滟的水色。

他微微一笑，那笑容几乎令我恍惚。流利的英语如溪水一般流动，而我仿佛看得见活泼的溪水中调皮闪烁的阳光。

我心里宛若悄悄开放了满株的栀子花。

橙子不高兴地扯了扯我的衣袖："喂，你已经傻笑了半个小时了。"

我回过神来，瞪了橙子一眼，随即目光转回台上，嘴角又情不自禁地抿出一朵莲花。

南天，我确定你就是我的王子。

二

橙子说：“钟儿，只有同类人才可以惺惺相惜。你若是真喜欢南天，不妨先让自己变得和他一样优秀。”

我又瞪了橙子一眼。橙子深知我心，每次都能说到我的痛处。

可他说得的确有道理，校园里美女如云，芳草遍地，为何他一定要看上我呢?

我开始每天上自习，早晨跑到紫藤长廊读英语，晚上也不再疯跑出去玩，只是乖乖地看书。宛若校园里其他白衣素裙的乖乖女。

橙子悻悻地说：“高考时也没见你这样努力过。”

我偷笑。想起高考时我仍不懂事地疯玩，仿佛不知道已经到了决定命运的关键时期。这时，橙子跑过来，很认真很认真地跟我说：“每天跟我一起上自习，我就每天给你打糖醋小排。”

抵挡不住美食的诱惑，我答应了。

半年后，我和橙子一起升入这所重点大学。

分数出来那天晚上，橙子请我吃麦当劳。他眼睛亮晶晶地看着我说：“钟儿，你其实是很聪明的，为什么不肯用功呢?”

可现在我在用功。我去图书馆自习，想象着他此时也在刻苦攻读，心里就有暖暖的甜蜜。

想起了一句话，你让我愿意成为更好的人。

是的，南天，为了你，我想变成更好的人。

三

我的努力终于有了回报。

校园里有很多的古木，像一个郁郁葱葱的植物园。我站在湖边的树下用面包逗弄着一只小麻雀。南天在我身畔微笑，我抬头看到了他的笑容，温暖得像天使，傻傻地呆住了。

南天仍然微笑，他说，钟儿，你真可爱。

可爱？可爱有很多含义。当一个男生说一个女生可爱的时候，有没有什么特别的含义在里面呢？

我飘飘然，莫名兴奋起来。

于是加紧了对自己的监督。嗯，一笑起来要露八颗牙齿，据说这是最端庄的笑容，南天喜欢文静的女孩子。对了，南天已经开始注意我了，那么要表示自己对他的关注才行，他，他喜欢吃什么？要为他好好准备一下……

一阵忙乱。

但是，再辛苦也是值得的，因为南天终于在林荫道低下头，问我："愿意做我女朋友吗？"

"当然愿意。"我差点落下泪来。

在食堂碰见橙子，他大呼小叫："喂，这么冷的天，你怎么穿这么少？"

我又吐了吐舌头："要风度还能要温度吗？"

橙子摇摇头，拿了一碗糖醋小排放我面前："好吧，你向来固执，那么多吃点。”

我笑着点头，见他身边站着一个纤瘦的女孩，灯光很暗，看不清脸，于是笑道：“新认识的女朋友？挺漂亮的。”

橙子笑了：“整天忙着做实验，谁愿意做我女朋友?”

我调侃他：“自然有很多人想嫁给未来的科学家。”

那女孩把脸转过来，原来是小芸，我们寝室的一个女孩子。有一次橙子来找我，她望着橙子目不转睛，橙子走后我还取笑了她一顿，说没有看见过帅哥啊，有兴趣的话请我好好吃上一顿一定穿针引线。她倒红了脸说没有这回事——但是女孩子的心思，是骗不过自己的。

她笑着说：“呵，连我都不认识了。”

我也大呼小叫：“原来你这丫头果然想做我嫂子!”

小芸的脸微微泛红，伸手过来拧我，我笑着躲开。

橙子又是一笑：“一切顺其自然，我从不强求。”

我忽然出神，橙子不悦：“干吗用这种怪怪的眼神看我，好可怕啊。”

我说：“橙子，忽然发现你长得也挺帅的，怎么以前没发现过？怪不得有那么多女孩喜欢你，原来是有原因的。”

橙子哭笑不得地摇头：“你现在才发现我玉树临风一表人才啊?”

小芸笑着说：“我们快去吃吧，饭菜都凉了。”橙子点点头，对我说：“要多吃点。”

看着橙子离去的背影，我忽然想起他的大名——陆晨，也是好听的、温暖的名字。

最好的玩伴快成为他人男友，微微有些惆怅。

四

我果然感冒了。橙子幸灾乐祸，“谁叫你不多穿点衣服？”末了送一个胖胖的小熊保温瓶过来：“小芸做的，特地拿来给你喝的。”

我尝尝，果然好味道，笑逐颜开：“有这么一个好嫂子，我口福不浅。”

橙子脸一沉：“谁是你嫂子，我和小芸是好朋友。”顿了一顿又说：“南天呢？”

我低头喝汤装作没听见。和南天通电话后他只说了一句：“好好休息吧。”便放下了。半晌，我小声嘟囔着：“他很忙吧，他最近要考 GRE。”

橙子微微一怔，问：“那你呢？”

我摇摇头说：“我不知道。”南天待我自然是好，可是总好像缺点什么。我的生日他从来不记得，偶有提起便送上很多的巧克力，可是我希望他能送我有意义的礼物。比如橙子，每年送我的都是贝壳、树叶、羽毛等女孩子喜欢的小玩意，还有一张小卡片。我希望南天送我的礼物也是能让我细细收藏起来的。

寝室里小芸在织围巾，细细密密地缠绕着柔软和温暖。我挤在她床上，瞪大眼睛看着她织。她温柔地向我笑笑：“想不想学？”娴静乖巧，真正的温婉可人。

我兴冲冲地跑去问南天：“我织围巾给你，可好？”

南天宽厚地笑笑，温和地看着我："钟儿，你把学习弄好就是给我最好的礼物了。"

我的笑容凝固在脸上。背上的书包里，有一条织了几晚的白围巾。记得织好的那晚，我欣喜地将面庞贴在那温软的围巾上，没了疲倦，只有甜蜜与憧憬。可此时，那些脆弱的甜蜜忽然有如青烟，忽而一下子就散了。

我黯然转身，南天那样说也是为了我好，可是为什么我的心，无比凄凉。

南天很优秀，是的，当初吸引我的不就是他的优秀吗？可是他的冰冷却是我始料未及的。也许，我一直就不曾真正了解过他，我有些悲哀地怀疑。

中午我独自去吃饭，却没有半点胃口。

"怎么啦?"熟悉的声音响起，橙子已坐在我对面。

我眼眶一热。橙子总在我最需要安慰的时候出现。

橙子低头看看饭菜："哎，凉了吧？我帮你热热去。"

我望着他，忽然说："橙子。"

"嗯?"

"陪我出去走走好吗？我心里难受。"

橙子望着我，目光里有片刻的迟疑，随即点点头："好!"

冷风在枯枝上摇。冬夜的星星，像用雪擦过似的，多像，多像我第一次看见南天时他的眼睛。

想起南天，我心里又满是委屈。

"橙子。"

"嗯?"

“借你肩膀靠一靠。”

橙子一愣，凝视着我，一字一顿地说：“他欺负你了？”

我摇摇头：“不，是我自己心里难受。”

橙子轻轻地叹口气，低声说：“傻丫头。”他的声音是我从未听过的温柔。

我伏在他肩头哭了很久，心里舒坦了很多。

橙子说：“丫头，我们回去吧？”顿了顿又说：“能告诉我什么事吗？”

我摇摇头：“不，橙子，开开心心的，为什么要谈恋爱呢？我觉得好累，好辛苦。”

橙子轻轻摇头：“钟儿，心里有喜欢的人，才会满足和幸福。最孤单的是心里住不下一个人。有一个人思念和牵挂……”

我想着自己的心事，他说的一句也听不进，只是胡乱点点头，从书包里拿出那条白围巾：“送给你！”

橙子眼里划过一道亮光，随即微笑：“是送给南天的吧？”

我微笑：“橙子，你真聪明，什么一猜就猜出来了。南天说要我好好学习，不用送围巾给他。”

橙子说：“你的心思我还猜不中吗？他也是为了你好。”他接过围巾，仔细叠好，放入书包里。

我问：“橙子，你保研保哪里呢？”

橙子说：“保北京了，和小芸一起。”

我脚步一顿，忽然心里觉得空荡荡的难受：“你不是说保本校吗？”

橙子望着我，缓缓地说：“钟儿，很多事情都会变的。小芸是个好女孩，她一直在我身边等我。她前天跑了过来，送了一条很漂亮的围巾给我。当一个女孩子温柔地送你那么贴心的礼物时，我忽然醒悟，要好好珍惜身边的幸福。就在昨天，我向她提出让她做我的女朋友，她答应了。我们决定，一起去北京。”

我怔怔地听着，泪水却静静流了下来。我心里很难受，真的。

橙子又说：“晚上本来和小芸约好一起吃饭的，可是我今天又爽了她的约。但这是最后一次了。有的人，不会总在原地等你。”他的语音又转为出奇的温柔，“钟儿，没有我在你身边，你要学会好好照顾自己。”然后深深地看了我一眼，转身走了。

五

当晚回去我便发了高烧，可能是吹了太多凉风吧。室友们手忙脚乱的。我烧得迷迷糊糊，什么也不知道。

恍惚中看到橙子的身影，我喃喃地说：“橙子别走，我不愿意你走。”然后一阵迷糊，又睡了过去。

整整到第三天我才退烧。我迷迷糊糊睁开眼睛，看见一个明眸皓齿的女孩子坐在床边静静看着我。是小芸，我仿佛现在才发现，她真的十分漂亮，和她一比我几乎没有勇气说话。

小芸忙拿了个枕头垫着扶我坐了起来。我低声说：“谢谢。”同时心里也升起一个疑惑：“你怎么在这里？”

小芸定定地望着我，忽然说：“是不是很喜欢陆晨？你这两天说胡话都在叫他的名字。”

我脸上一红。我真的喜欢橙子吗？我应该是喜欢南天的啊。

为什么南天要离开，我只觉得惆怅，而橙子离开，我却撕心裂肺般的痛苦呢？

也许，我真的是喜欢橙子的，只是知道他很喜欢很喜欢我就以为他会一直等我，等我在外面玩累了、玩倦了，他会以宠溺的语气来一直包容我。我没想过他有一天真的会离开，我以为他会永远在原地等我、呵护我、包容我。也许对于南天，只是小女孩天真的梦呓罢了，我一直都不了解他，正如他从来也不了解我。

小芸缓缓说："你们寝室的同学给南天打了电话，他说他要准备考 GRE。"

我心里微微一酸，苦笑道："我明白，他总是很忙的。"

小芸望着我，然后说："然后她们给陆晨打了电话，他马上赶过来了，在这里转了一天，买药……"

我脸上又是一红，不安地说："对不起，小芸……"

小芸摇摇头，微笑着说："我一直都知道他喜欢你，所以我在等他做出选择。他说了，他会永远把你当妹妹看待。"小芸轻轻握住了我的手："对不起，钟儿，感情是自私的，你是很可爱，可是我不会让你的。公平竞争的结果是，我终于能和陆晨在一起了。"

我听到最后一句时忍不住眼眶一热，随即忍住了。我把头转向另一边："祝福你们。小芸，我累了，要睡了。"

小芸柔声说："你好好睡吧。"

忽然手机铃响，小芸接电话："哦，阿晨，钟儿很好，已经退烧了。不，你不用过来，我会照顾好她的。你先准备一下吧，我们明天去北京看看学校……"

我的泪，终于落了下来。

终于错过。

那个人，不会在原地等你。

记得中学时，我很喜欢吃橙子。同桌陆晨知道后，常常带很多橙子给我吃，整个夏天都是橙子清凉甜美的味道。有一天，我就拍着他的肩膀说：“阿晨啊，我就叫你橙子好了呢。”他微笑着。

于是，“橙子、橙子”的，就叫了这么多年，我已经习惯了他的存在，没有想过有一天他居然要离我而去。

那个夏天，因为橙子吃得太多，太容易得到，反而不觉得它的可贵了。

于是，一个橙子，在我青春里占有很重分量的橙子，终于——

滚到了一个我不再伸手可及的角落。

四月天微蓝

微蓝是个腼腆安静的女孩子，与旁人说不了几句话，便低了头，红着脸微微笑，倒惹了别人也笑了。

室友们常拿她打趣。一女孩说：“你们看，微蓝像不像这株栀子？”大家一看，晶莹洁白的花儿，羞涩地在墨绿的叶间打着朵儿，可不就似微蓝低头的样子，便一哄儿全笑了。另一女孩拉长声音说："微蓝啊，最是那一低头的温柔，似一朵水莲花不胜凉风的娇羞。"

微蓝好脾气地笑笑，最多拧一下笑得最厉害的那家伙的脸。

可谁知，她也正为这件事苦恼着呢。

放眼望去，如今校园里到处是新新人类，谁不是大胆奔放？可她却仍是羞涩腼腆，未语脸先红。

其他事儿倒也罢了，可是，直到那个男孩的出现……

微蓝记得，那一天，午后的校园，美丽得像幅油画。她照例出去自习。室友躺在床上翻了个身，嘟囔着说微蓝记得关门啊。微蓝便微笑着小心地带上门出去。

抱着一堆书，微蓝上了二楼，转角处忽然走了一个人出来，微蓝猝不及防，与那人撞了个满怀。

那人忙说对不起，弯下身帮她拣书。微蓝低声说没关系，抬起头来，却怔了一怔。那是个穿着蓝T恤的男孩，眉宇间有一种云淡风轻的安宁神情，似在哪里碰见过，有说不出的亲切。

不过初识，却犹如故人见面。

微蓝忽然想起伊能静的《蓝色大衣的男孩》那首歌。那曾经是她爱听的歌，最初只是因为歌名里的那个蓝字。微蓝喜欢蓝色。

男孩把书捡起，摞整齐，小心吹去上面的灰尘，递给她，微微一笑便转身走了。

只剩下微蓝，呆在原地。

人与人的缘分大抵如此奇妙，就像一句话里说的“你不知道什么时候叶子会变黄，什么时候婴儿会长出第一颗牙，什么时候会爱上一个人”。微蓝也不止一次听说邂逅一个人眼波流转，微笑蔓延，尔后便成就一段佳话的故事，总觉得太过微妙飘忽。然而，这天，她终于相信。

原来，爱情，真是遇见的。

就像伊能静的《蓝色大衣的男孩》里面唱的：“不相信这世界，会有一见钟情。却为何初次见你，那样不安情绪。是否我已经爱上你。”

她居然莫名其妙地喜欢上那个陌生的男孩。尽管她对他，一无所知。

也许只是十七岁单纯的心所能萌生的单纯的情感。

微蓝不知道。她只是偷偷地想，忽然悄悄地笑。日记里，都是单纯轻灵的心思。枕着日记本甜甜入睡，梦里都是星光湛然。

她开始很期待，能再次在学校里碰见他。

学校那么大，是那么多青春洋溢的学子生活的小世界；可是学校又那么小，只要有缘，碰面的机会永远不会少于百分之百。

终于在四月的一个下午，她去找教室自习，走到305教室时，她寻找空位，无意识地抬起头来，正看到一个熟悉的蓝色背影。

心，便像荷花一样开了。

真正意想不到，又遇见了。

她忍不住微笑，甜蜜如榛子味的德芙巧克力。

她看到阳光打在他的侧脸上，逆光看去，他仿佛身上正散发着淡淡光晕，令人炫目。

她悄悄在教室后面坐下，取出书本，静心看书。看的是枯燥的财务管理，可是现在觉得这本书是这样的好看，仿佛每个公式都在跳舞。

整个下午，他都浸在那金色的阳光里，像个王子。呼吸，如大海的潮汐。

她看完了书，便托着腮静静地望着他，直到他收拾书包走出教室，这才轻轻吁一口气，低头微笑。

自己真像个可笑的傻瓜。可是，心里低萦的，是心满意足的幸福。

从此记住了，五教305，那是他常常自习的教室。

这一天，她来得晚了些，后面已经没有位子了，她只好大着胆子在前面坐下了。离他前所未有的近，她心里怦怦乱跳着。

虽然不止一次地幻想，能够像张爱玲笔下那样，没有早一步，没有晚一步，于时间无涯的荒野中，邂逅那个男孩，只轻轻道一声："哦，你也在这里吗?"可是，现实中，她还是那个腼腆得一说话就脸红的女孩。只要远远看着，就好了。每天能这样子，真的很幸福。

晚上十点，他照例起身收拾书包，目光一转，微微一怔，笑道："哦，你也在这里吗?"

她足足发呆了五分钟，他走了她都没反应过来。

巨大的幸福感涌来，几乎要把她淹没了。

他居然记得她!

他居然跟她说了具有那么深刻含义的话（尽管可能是无意的）。

室友们发现安静的微蓝有了悄悄的变化。比如，会轻轻地哼歌，“小酒窝长睫毛/迷人的无可救药/我放慢了步调/感觉像是喝醉了/终于找到心有灵犀的美好/一辈子暖暖的好/我永远爱你到老”，会偷偷地笑。然后就是，越发地喜欢蓝色。

本来，她就喜欢蓝色。她的衣服、裙子、雨伞都是天蓝色的，现在，连笔记本、钢笔也全都是蓝色的。各式各样的粉蓝、浅蓝、天蓝……还干脆起了个网名叫作 Bluebaby，是的，蓝色精灵。

室友都在说，微蓝怎么啦?

微蓝只是抿着嘴儿笑。

微蓝很喜欢在四月的下午，洗了头，披着湿漉漉的头发，穿过香樟树和丹桂，向五教走去。暗香盈袖，阳光暖暖地照在头发上面。她觉得真好，一切都是无拘无束的美好。

想来，那样的年华，那样单纯的脸和心，一切都可握于掌心，青春自在飞扬，自由挥霍，当然是无与伦比的美好。

春日里，这个城市忽冷忽热的天气让微蓝不慎感冒了，然后咳嗽，咳得很厉害。

在教室自习时，她也忍不住轻轻咳嗽，便放下笔，出去呼吸一下新鲜空气。

回来时却有一张薄薄的纸，平整地放在她桌上：“冰糖五钱，雪梨一个，炖着吃，可以治咳嗽。”清秀有力的笔迹，她心中一暖，抬起头来，却碰上他含笑的眸子。

一时间以为是梦，因为不曾奢望过这样的幸运，王子会注意到这个小小的角落。

她专门去买了冰糖和雪梨，请宿管阿姨放在高压锅里炖了。

看着缕缕幽蓝色的热气袅袅而去，她出了很久的神，心中只觉熨帖又温暖。

冰糖炖雪梨，梨子甜津津的，入口即化，比生梨子的脆生生别有一番风味。冰糖已经炖化在开水里，是一碗沁凉的汤。

她喝得一点不剩，实在没有吃过这么好吃的东西。

神清气爽，唇齿留香。

连吃三天，咳嗽便奇迹般的好了。

她写了张字条，只有三个字：谢谢你。趁他出去的时候放在他桌上。这三个字，她总觉得写得不好看，写了五遍才满意。

很快他的纸条翩然而至：“不用，好了就放心了。我爷爷是中医，他说冰糖炖雪梨治咳嗽，很灵的。”

中医……怪不得他身上有那么一种清凉宁静的气质，在时下年轻人身上很难找到。

她握着那张纸条，轻轻地笑了。

下了自习，她正收拾书包打算回宿舍。今天发生了不可思议的事情，微蓝只觉得微醺，像是在做梦一样。

却不想他慢慢走到她面前，微笑说："我们可以一起走吗？"

微蓝怔忡了好一会。

说真的，她不相信爱情会降临在她身上，总觉得那太遥远太缥缈，就像一个童话一般，而她又是这么平凡普通的女孩子。

可是，爱情就是这么悄无声息地发生了，想象不到的奇妙与美好。

这周末，男孩请微蓝看电影。

微蓝总算是知道了男孩的名字，江琪轩。她喜欢这个名字。

江琪轩居然和她是一个市的，这让她大感意外也大感亲切，一个市的，怎么从来没有碰见过，偏偏在这千里之外的大学给遇见了。

所以说，缘分就是这么奇妙的事。

电影是岩井俊二的《四月物语》，很安静，很舒缓。

电影院里，他轻轻握住了她的手，他的掌心很温暖。

微蓝静静地笑了。她想起了自己那时，默默地一个人喜欢他的日子。

那是一缕静悄悄暖在心里的阳光，除了自己，无人知晓。

如果没有经历暗恋的怔忡不安，又怎能领会相恋的甜蜜？

两个人，一辈子暖暖的好，永远相爱到老，多好。

掌心化雪

大一的那年冬天，下了好大的一场雪。校园里的学生都很兴奋，纷纷跑出去打雪仗、堆雪人，仿佛回到了儿时无忧无虑的纯真时光。

欧鹏就是在这个飘雪的冬天，碰见程汀汀的。

他和汪铮一起在校园里走着去上课。冰天雪地，好像璀璨晶莹的一个童话王国。雪还在轻轻地飘落。

终于到了教学楼，走廊里，看见一个穿浅蓝色棉袄，围着围巾的女孩，正伸出手去接那飘落下来的雪花。

他不由好奇，嘀咕了一声："这是干吗呢?"

不想那女孩却听到了。转过头来是清清秀秀的一张脸，莞尔一笑，说："掌心化雪呀。"

声音清脆悦耳好似风铃，绕着心房一圈儿一圈儿打转。欧鹏有些发愣，他从来没有听过这么清脆入耳的声音。

就这么认识了程汀汀。

后来他们问她究竟想做什么，她抿嘴而笑："你有没有看过《红楼梦》呢？妙玉收集落在梅花上的冰雪，埋在地下五年，然后拿出来泡茶喝。我也想试试呢。"

欧鹏吓了一跳，他一时还真无法理解那个风流旖旎的世界。

不过他知道，自己已经怦然心动了。

尤其是在听到她声音的时候。

而汪铮只是傻笑。

欧鹏忽然有一种想接近、关心她的冲动。

他去她经常自习的教室，他送给她美丽的项链，他到处打听关于她的消息……男孩子在初恋上一个女孩子时，根本就恨不得把全世界都像个果子样摘下来放在她手里，只要她明眸如水，笑声清脆。

汀汀明白欧鹏的心思，不是不感动。

在一个多雨的春天，汀汀抱着书，用手遮着头发，在雨中跑着。在树下站住，伸手理着湿发，仰头看那雨丝时，忽然有一方浅蓝色的晴空，撑在她头上。

她愕然回首，是欧鹏的笑容。

雨丝透明，清亮地自叶尖坠下。

校园安静，如同一幅水墨画。

汀汀感动。终于她答应，做他的女朋友。

汪铮那晚出去，喝了一晚上酒。

欧鹏不是不知道汪铮对汀汀的心思，可是爱情这东西就是这么自私。他喜欢上汀汀，他不会把她让给谁，包括最好的朋友。

刚开始在一起的日子，自然是好的。汀汀本来就是特别的女孩子，她画得一手好画，还吹得一口好笛子，更重要的是，漂亮。他本来就是学校里有名的帅哥，自然是身边有美女相伴比较有面子。

一时间，众人羡慕不已。

不久，他却感到了一丝异样。汀汀太过安静，他说什么，她也只是静静听着。他要带她出去玩，满心想向别人展示自己有这么一个漂亮的女朋友，而她却拒绝，宁愿在寝室画画。

她喜欢画水墨画，寝室里挂满了梅花图，临风傲雪，画得极好，仿佛走过去就有暗香盈袖。有时她在上面题词：“浮光风宛转，照影水方折”，“疏影横斜水清浅，暗香浮动月黄昏”。她拉他看自己画的画儿，他也觉得她画得好，但除此之外并不觉其他。

而她跟他说的一些文艺方面的事情，他半点不懂，也无心去听，心想这有什么好玩的，但见她明净的眸子里安静的光芒，也就不把不耐说出来，不过随口敷衍而已。

他看见她用工整小楷在淡黄的毛边纸上抄写着日本平安时代著名才女清少纳言所写的《枕草子》：“高雅的东西是：穿着淡紫色的衣，外面又套了白袭的汗衫的人；鸭蛋；刨冰里放上甘葛，盛在新的金属碗里；水晶的数珠；藤花；梅花上积满了雪；长得非常美丽的小孩子在吃着草莓。这些都是高雅的。”很奇怪她喜欢这么细腻的心思，不过自己心里却想，这有什么。

欧鹏越来越不耐烦。她自然是极好的女孩子，可是一点都不生动、活泼。他所需要的，是一个能在自己打球时为自己助威、能和自己在 KTV 一起放声歌唱、能和自己一起参加聚会并大方和兄弟们喝酒说笑的女孩子，而不是这么不食人间烟火般的女孩子。

她是那么安静，不喜欢出去；而他生性爱玩，不可能不跑出去。终于，欧鹏有一次在独自溜冰时，碰到一个女孩子。女孩子穿着一身红衣，明艳照人。她是初次溜冰，总是滑倒。正好在他身边，他伸手扶她，她抬头对他嫣然一笑。

他忽然一怔。

她是个很活泼的女孩子。溜完冰后去喝饮料时，她很直接地问他有没有女朋友，眼睛里是执着的热情。

心在那一瞬间，不是没有闪过汀汀的影子，可是汀汀的安静，实在太过乏味，哪像眼前这女孩子，这么热情活泼？现在的社会喧嚣，校园里也染上了这种浮躁的风气，谁愿意沉下心来细细品味一株梅花的幽幽冷香？自然是玫瑰的浓烈奔放更让他们沉醉。

他出去玩的时候越来越多，渐渐地和汀汀见面的次数变少了。有时汀汀打手机他也总是关机。在她询问他时，他也心虚，低下头来只是说最近学习忙，眼神闪烁，不敢对上她的眸子，她却浑然不觉。汀汀是那种心里澄澈透明的女孩子，以己心度人，自然不会想到有其他。

又到冬天，天气渐冷。他仍是瞒着汀汀与那新认识的女孩交往。在跳舞的时候，手机震动个不停。他退出舞池，看了看手机，是汀汀的电话。

他心里一紧，赶忙奔了出去，接通电话：“喂，汀汀?”

轻柔熟悉的声音："阿鹏，你在哪里?"

他心虚地随便说了个地方。汀汀让他到她宿舍楼下来，他有些不情愿，跳舞正在兴头上，但是还是过去了。

楼下，冷冷清清。

墨绿的冬青树旁，一个窈窕的身影。

是汀汀。

他吃了一惊，等了多久了？外面这样的冷。

他赶过去，握住她的双手，只觉冷得像冰，不由得心疼。

汀汀看见他，却笑了。

她从随身带着的雪白的包里拿出一双天蓝色的手套，微笑着说："天气好冷，给你织了双手套。不许说不喜欢哦。"仰头，双目晶莹，天真纯净的笑。

他赶忙接过，讷讷无言，不是不心虚的。

晚上，他在寝室里对着手套发呆。手套织得精致可爱，可见是花了很多心思的。可是他呢?

汪铮在他身边走过，看见那双手套，瞪大了眼睛，说："汀汀织的?"

他点了点头，忽然不愿意让汪铮看见那手套，收了起来，放在枕头下面。

汪铮看着那枕头，轻轻叹了口气。

他心里便有些不大痛快，心想，这小子对汀汀居然还有心思。忽然又惭愧，自己还是对不住汀汀了。

可是怎么抵挡得住那女孩的热情、活泼，且对他满心崇拜。

他仍是瞒着汀汀外出跟那女孩交往。女孩以为他已经把自己当作女朋友，在一起玩得很开心。

却不巧，这天出去和女孩喝酒的时候，被汪铮发现。

汪铮只是觉得这个人有些眼熟。可是多瞧一眼，脸色就变了。

欧鹏也看见了汪铮，他的手还和女孩的手握在一起，便呆了。

汪铮沉着脸走到他面前，他尴尬地介绍：“这是小倩，小倩，这是我寝室的兄弟，汪铮。”

小倩笑说：“汪铮你好，我是欧鹏的女朋友。”

欧鹏的女朋友！

汪铮以为自己听错了，直直地盯着欧鹏。欧鹏尴尬地笑：“我们回去说，回去说。”

回去的路上，汪铮一直沉默。反倒是欧鹏受不了了，大声说：“你想问什么就说吧。”

汪铮看了他一眼，缓缓地说：“我看都看到了，还用问吗？”

他语塞。

沉默，难堪的沉默。

汪铮忽然转过身来，他还没有反应过来，身上便狠狠地挨了一拳。他摔倒在地，半天都没站起身来。只听到汪铮大声吼道：“你小子，身在福中不知福！”便恨恨地走开了。

他爬了起来，头部也擦破了，只觉浑身疼痛。支撑着回到寝室，汪铮还没有回来，寝室里一个人也没有，他忽然感觉孤独无助，于是拿起手机，无意识地拨通了汀汀的电话。

在电话接通的那一刻他忽然发现，原来自己在最脆弱的时候，第一个想起的人，还是汀汀。

打开门，她惊呼，连忙扶他坐下。匆匆洗净一块毛巾，细细为他擦去血迹，然后找出伤药，小心敷在他头上。

他一直说不出话来。可是，自己不说，汪铮也会说的，这件事已经无法挽回了。

他便定定神，忽然说："汀汀，对不起，我们分手吧。"

她纤秀的背影微微一颤，并不回头，只低低地问："为什么?"

她的声音，还是那样清脆而温柔，令人想起风中细细碎碎有如天籁的风铃声。

他忽然无比惭愧，把脸转向里侧不敢再看她："我喜欢上别人了。"

时间好像忽然凝固，他大气也不敢喘一口。

忽然兜头一盆冷水浇来，他惊得跳了起来。

却看她冷冷地望着他，目光寒彻如冰。他从来没有见过她这个样子，不敢直视。

她挺直了腰，只淡淡地说："那好。"

背转身，她的眼泪已经在眼中滚来滚去，可始终没有落下。

他忽然觉得失落，心里空空荡荡的，忍不住叫道："我们今后还会是朋友的，是不是?"

她一句话也没有说，也没有要他解释，独自走了出去，并带上门。

只余他一人，坐在原地，茫然若失。

起初不过安慰自己，这原本就是一场错误，而她又是那么坚强明理的女孩，没事。可不久便听说她高烧住院的消息，一惊。

汪铮去看她，回来时沉着脸不说话，他也无从问起。

硬起心肠不去想汀汀，可当他再去跟小倩约会时，耳边总会传来她清脆入耳的声音。

原来，他爱她比他想象中要深。

夜深人静时，越发想念起她的好来。她的温柔，她的不设防的笑容，她的善解人意，她的蕙质兰心……

终于忍不住，去看她。

找不见她人，她室友对他也是冷冰冰的，他当然知道原因。

百无聊赖地在校园里走，忽然听见悠悠一丝笛音升起。他心中一动，这笛音无比熟悉，是她吹的。

跑到小湖边，他喘息将定，抬头一看，古色古香的湖心亭中，一个清秀的女孩，蓝衣白裙，正倚亭吹笛，而旁边坐着的，不就是汪铮吗？他正含笑望着她，一脸的幸福与陶醉。很久以前，他脸上也有过的。

他忽然想起有一次，他们在一起，她转过头来，明眸皓齿地笑："我们去湖边吹笛吧。"他对笛子哪有兴趣，只是随口说没空，他看得见她眼中的失望，但她还是微笑着说："那下次吧。"

下次，再也没有下次了。

原来以为爱情不过是场游戏，可为什么，现在如此心痛难忍？

茫然站着，不知过了多久，恍惚间，身边飞舞的，都是鹅毛大雪。冰天雪地里，一个穿着浅蓝色棉袄的女孩，如同一朵蓝色的勿忘我，伸手去接那雪花，双目晶莹肌肤如雪。

“掌心化雪。”她转过头来微笑着说。声音清脆缥缈得仿佛来自很遥远的地方。

风筝有风，海豚有海

一

上高一的时候，小茗喜欢上了一个男孩子。

正是毛茸茸的心事满天飞的年纪，又刚从中考的重压下释放出来。满心欢喜的小茗，忽然撞上了意外的心情。

冷松不过是作为新生代表上台发了言，可是就在那三分钟里，那个眉眼清俊的飞扬少年给了小茗一种似曾相识的亲切。小茗心里宁静下来，看着他就安心，也不觉得陌生的环境、陌生的老师所带来的压力与不适了。

真是奇妙的感觉。

他是学习极认真的男孩，家境贫寒，因而更刻苦。在别的同学嘻嘻哈哈的时候，他只是专注埋首于习题集内，因为他没有别的选择。

小茗知道这些，总是在校园里见到他刻苦捧读的身影。他穿得极朴素，一脸专注，端坐在靠窗的座位那里，静静看书。气质是那样端稳，好像周围喧闹的一切和他没有关系。一时间，小茗心里居然浮出了“遗世而独立”这几个字。但他却又不是书呆子，打起篮球来生龙活虎。有一次班级间的友谊赛，他率领的球队差点没把小茗班的男生打趴下。

小茗却是莫名的开心。那天球赛结束后，玫瑰红的晚霞笼罩整个操场，香樟树的叶子被凉风吹得簌簌作响。

小茗觉得，九月有一缕清凉的气息，让人心神疏朗。

二

本来这份喜欢，只是淡淡地藏在心里而已。

却没想到，两人居然有了交集。

有一天，小茗去办公室问物理老师问题，恰好里面有一个男生正背对着她整理物理试卷，看样子是物理课代表。小茗小声问老师在吗，那男孩回过头来说了句：“老师有事出去了。”竟是冷松的脸。

冷不防见到他，小茗有一刹那的怔忡。冷松见这女孩子一脸的“失落”（其实是一脸的茫然啦），心有不忍，很自然地拿过她手中的练习本说：“哪道题目，我看我能不能解出……”

小茗不知道他说了些什么，她只记得那少年明亮而自信的眼神，末了温柔地看向她，询问：“懂了吗?”

小茗慌乱地点头，夺门而出，留下一脸懵懂的冷松站在那里。

从此算是认识了。冷松记性很好，每次看到她都会大方地打招呼，小茗总是脸上一红，笑了一笑，便低下头匆匆走过。

只是冷松写过的那个练习本，她没再舍得用。她把它珍重地放在枕头下，每天晚上都会拿出来看看。那样飞扬俊逸的字迹，像极了他的人。

心中有温暖的欣喜，像是冬日里握着一杯袅袅热气的奶茶。

梁静茹的歌声在电脑的音乐盒里轻轻唱着：风筝有风，海豚有海。

她忍不住低下头，微微地笑。

多么好。风筝有风，海豚有海，而她陆小茗，有宋冷松。

三

这天放学刚好轮到小茗打扫卫生。冬天天黑得早，外面的夕阳已经只余下微红的霞光，冷风从窗户灌进来，小茗忍不住冷得打了个寒战。

有些累，她直起腰站了一会。

抬头的瞬间，忽然发现走廊里好像站了一个人。她定睛一看，不期然地心跳加速。

还有谁？那样的背影，那样的侧脸。他转过头，看见她，微笑了：“小茗。”

小茗一时怔忡不言，不知说什么好，只好说：“你……怎么还没回去呢？”她竭力让自己的声音听起来平稳。

他眉毛一扬说：“我在等一个魔法，想不想看？”

小茗愣愣地，倒是冷松又开口了：“你今天值日吗？我来帮你吧。”他很是自然地接过小茗手中的扫帚。

小茗在一边呆呆地站着。冷松忽然问：“小茗，你为什么总是不跟我说话呢?”

小茗懵了，没想到自己给他一个这样的感觉，于是笑笑：“我一向都很少说话的。就是在很熟的朋友面前话比较多。”

冷松微笑说：“我知道了。”

两个人打扫卫生是相当的快，很快就扫完了。

冷松望着她：“我说我在等待一个魔法，你要不要一起等等看?”

小茗睁大眼睛看着他，点头。两人一起站在走廊里，静静望着天空。

忽然，一片、两片……渐渐搓棉扯絮般，然后是鹅毛大雪，纷纷扬扬。整个校园恍若置身于童话之中，忽然之间一派冰清玉洁，让人的心宛若浸过一脉冷泉一般。

小茗看到呆住，不知道站了多久。记得昨天天气预报说了有大雪的，自己倒忘了。

她会一辈子记住这个魔法。

四

之后遇到冷松，小茗便轻松了许多。高中学习任务很重，见面不过点头而已，但小茗已经可以抬起头来，微笑着注视着他的眼睛。这样，她觉得很开心。

高中三年，匆匆而过。

十五岁，十六岁，十七岁，是一个女孩子最美好的三年，通常是在高考的重压下煎熬着。但小茗却觉得很幸福，因为总能看见他。再苦再累，只要一想起他，就禁不住唇角上扬。

他是她少女阶段最亲切的回忆，是一个静静暖在心底，除了自己，无人知晓的秘密。

毕业典礼那天，她既快乐又伤感。他发挥出色，考上了清华大学，可谓是实至名归。而她正常的发挥，也让她考上了北京一所重点大学。只是，北京那么大，从此她见他的机会，就少了很多很多。

毕业典礼，他依然是学生代表，他那么优秀，所有人都不意外。

小茗静静地听着他的声音，像是要一一印在自己的记忆之中似的。以后，很难再有这种近距离听他说话的机会了，他的声音真好听，这样的时光，真奢侈。

他非常圆满地完成了发言，大家掌声热烈。但出乎意料的是，他发言完之后并没有下台，而是微微一笑，忽然拿着话筒说："第五排第六个女同学，请你站起来。"

小茗正沉浸在他的发言中，没有反应过来，直到周围同学的目光纷纷扫来之后才后知后觉地抬起头，正对上他闪亮的眼神。

小茗脸上一热，马上又低下头来。

她听到那个男孩爽朗的声音："对，就是你，一见到我就脸红的陆小茗同学，我想告诉你，我喜欢你！"

路过谁的倾城时光

大一的时候，他遇到她，在林荫道的香樟树下，有人叫了一声：“冷冰玉!”便有一个女孩回过头来，清脆地应了一声，一瞬间，他的心脏几乎停止跳动——那是多么生动的一张笑脸。

冷冰玉，清凉如冰的一个名字，念起来，心里似有一脉浅蓝色冰泉悄悄流过，神清气爽。

他便暗暗留上了心。早晨，青灰色的老式教学楼在晨曦中凸显出黛色的轮廓，她在教学楼旁边的草坪上读英语，雪白的鸽子在她足边不远处静静地走来走去。

只是远远地望着她，他便觉得愉悦，不敢走上前去。那样美好的一个女孩，清新如同草尖上的露水。

他渐渐发现她很爱看书，常常坐在图书馆靠窗的一个位子上，那里阳光温暖，柔和的光晕暖暖地笼罩着她的白色毛衣，长发披肩，异常的沉静美好。

他坐在她背后，看着她苗条的背影，只是发呆。

就这样一日一日蹉跎青春，而他只觉忐忑而欢喜。

有一天，他和往常一样在她背后的位子上看书。她忽然转头，对他微微一笑。

他手里的书哗啦一下全掉下来，他慌乱地弯下腰去捡。面前忽然出现了一双栗色小靴子。他听到她清脆的声音：“温良，你好。”

他错愕地抬头，她的眼里，盛满了调皮的笑意，闪闪烁烁如同星辰，酒窝里栖息着许多阳光。

这是他一生也不会忘记的笑容，美得让人窒息。

他结结巴巴地说：“你，你怎么知道我名字？”

她调皮地一笑：“你们寝室的人告诉我的。”

他微微松了口气，心里暗说：这几个家伙！却有着隐隐的感激。

接下来的话就更石破天惊了：“他们说你喜欢我，是不是？”

他几乎晕去。

她只是忍不住笑，笑声清脆，一脸的生动调皮。

冷冰玉和温良，就这么认识了。

这时，离温良初见冷冰玉足足有两个月零八天。

冷冰玉，有着那样安静的气质，私下却是个极活泼开朗的女孩。

他偷偷藏起她的照片，笑靥如花，怎么也看不厌。

这自然遭到室友嘲笑，他毫不在意。

喜欢一个人，真是奇怪，仿佛整个世界的存在都只是为了她。

室友看不惯他那走火入魔的样，抢过照片，说：“这丫头有什么好，眼睛不够大，下巴也不够尖。”他忙抢回。

他自然明白冷冰玉算不上什么大美女，可是，她不是漂亮，是美好。

他觉得她最美，这就够了。

偏偏她只把他当朋友：“温良，你是我最好的朋友。”

最初他只是想认识她，并无其他奢望。

但未曾想到，他从此便永远地被锁在了“朋友”关系上，无法再靠近一步。

在校园里碰到，她不经意抬头时看见了他，便微微一笑，依然是初见时的天真模样。

大学四年，她专心学业，没有恋爱。

他也没有。

毕业，他问她会去哪里。其实知道她已保研，这样多好，在这个城市，他仍有很多机会见到她。她却微微一笑，清脆地说，要去上海，那个全国最大的金融中心。

他无语。她是外表安静，内心却极有主见的女孩，总是这样出人意料。

他已签约，但仍然付了违约金，去了她所在的城市。

没有再见她，也没有找过她，但知能和她在同一个城市，仰望着同一片星空，便已满足。

直到遇到现在的妻子初雪。

日子渐趋平淡，婚姻是两个人静静的相守相依。那些年少的暗恋情怀便如一场旧电影，偶尔想起，伤感一阵，温暖一阵，而后便云淡风轻。

却在某一天的街上，忽然有人轻呼他的名字："温良!"

声音并不大，但是他听到了，如此熟悉，曾经在梦中出现了多少回的那个声音。

他缓缓转过身来。

街上人那么多，他一眼就见到了她。

玫瑰花的流苏披肩，海藻般的长发，那样生动明媚的脸庞，已完全褪去大学校园的青涩，婴儿肥也没有了，真的是很美。

落地窗前，阳光明明灭灭。

他们说着过去的故事。

她从手机里调出照片给他看："我老公，还有儿子，我儿子可爱吧。"甜蜜和幸福闪烁在她的眼中。她的眼神仍然如同过去一般清亮，令他恍惚间回到大学校园。

他轻轻挥手与她告别，看着她的身影湮灭在人群之中。

然后呢？就这么安安心心地幸福下去，就像从来没有遇到她一样。

那天夜里，他却梦见了她，一如大学时清纯的眼眸，笑容漫开。

永远的樱木花道

一

十七岁的时候，沁泉迷上了画漫画。也许是小时候学美术练就的功底，她的画线条简洁，寥寥几笔就呼之欲出。

在书房的橘色小灯下，她独自一人静静地用笔在画纸上勾勒着，眼神沉静而专注，唇角是淡淡的笑容。不过，她没让任何人看过她的画。

这都是缘于他的一句话。

高二，正值《灌篮高手》最流行的时候，课间总有许多关于这部动漫的热切的讨论。女孩子们都喜欢那个酷酷而帅气的流川枫，而她却喜欢那个单纯傻气的樱木花道，那样欢天喜地地喜欢着晴子。笔尖无意识地在纸上勾勒，居然画出了一张男孩的脸，剑眉朗目。

前排的卓野转头过来："咦？这不是樱木花道吗？"他看了

她一眼，笑笑说：“沁泉，你画得真好。”

她从来没有听到别人以如此郑重而欣赏的语气对她说过这样的话。她是太安静平淡的女孩，像是水墨在宣纸上轻轻晕染开来，并无鲜明色彩的淡泊。

她低头轻轻说了声“谢谢”，心里却涨满了欢喜。

二

后来，沁泉就越发喜欢画画了。那样繁重的学习压得人喘不过气来，只有在晚上，她拿起画笔来，唇角才会不自觉地溢满笑容。

画笔灵活地在纸上跳着舞。

至少在这一刻，她的心灵是自由的。

沁泉和卓野的交流很少很少。卓野看到她，总是爽朗地打招呼，而她总是匆匆回应一下后就低着头走过。不像同桌乐萤，常常肆无忌惮、活泼大方地和他开玩笑。而他也爱和乐萤还有她开玩笑，眼里满是闪闪烁烁的笑意。

乐萤喜欢看童话。高二那么紧张的时间，还总是带着一本封面秀嫩天真的童话来学校，下了课忙里偷闲地看几页。卓野就笑她总长不大，要她向沁泉多多学习。乐萤笑眯眯地敲敲他的头，照看不误。而她，则紧张地低下了头。

有一天，卓野带了些巧克力过来分给身边的同学，也少不了她的。在教室里，乐萤很随意地问沁泉：“沁泉，你喜欢吃这种巧克力吗?”沁泉点头，她默默地咬了一口巧克力，巧克力甜甜苦苦的滋味在唇齿间温柔地化开。乐萤拍着手笑道：“我也好喜欢。”

沁泉感觉到卓野向这边望了一眼，赶紧低下头来，心里怦怦乱跳。

后来，卓野便常常带巧克力来，自己又不吃，全部给了她和乐萤。乐萤笑他，他脸上微微一红，说：“我姑姑从美国带了好多回来了，我又不爱吃，刚好便宜你们了。沁泉，你也喜欢吃，对不对？”

沁泉轻轻点头，心里似有巧克力柔滑的甜美，丝丝化开。

三

进入高三，马上是一场化学竞赛。卓野轻而易举地拿了个全国一等奖回来，在当地的高中引起轰动，这意味着他不用再遭受高考折磨便可轻易进入全国学子梦想中的殿堂。看着在讲台上顶着无数光环、被鲜花和掌声簇拥着的卓野，沁泉心中有欢喜，也有难过。自己的平凡相比他的优秀是那样黯然失色，他就像她只能一直仰望的星空。

体育课跑步，大家累得受不了了，老师难得发善心，让大家早点下课。沁泉爬上跑道旁边的台阶，坐下来歇会儿。

头上是青青的叶子，香樟树沉淀着神秘的香，让人闻了就心神疏朗。

风很清凉，她什么也不去想，就那么静静地坐在那里，遥遥望着蓝色的天际有褐色的鸟群飞过。

不知道过了多久，斜阳成碧了。

沁泉觉得有些冷起来，她拿起放在身边的外套穿上，抬起头来，却看到不远的台阶处，站着一个穿蓝白 T 恤的少年。

正是卓野。

他什么时候到这里的？来了多久？沁泉一点都没察觉。

这静谧的感觉太好了，两个人目光相碰，只是微笑了一下，舍不得打破这种安宁。

沁泉静静地看夕阳，他站在她旁边不远处，两个人都不说话，只听见风吹过树叶的声音。就这样，静静地，静静地。

忽然，她看见，台阶下冷绿的草间开了一朵雪白的花朵。

难道是栀子花？空气里好像还有一缕栀子花馥郁的甜香。

原来，快六月了吧，高三也快结束了。

夕阳正在徐徐收起它的光芒，鸽灰色的暮霭笼罩着大地。

真希望这一刻就这么永恒下去。

高考终于呼啸着而来。

她遵照父母心愿报了法语专业，他自然保送去了北京名校，而她考上广州的中山大学。从此他和她，天南地北。乐萤则去了丹麦，去了她梦想中的童话王国。

高考后，她收拾自己的房子时，忍不住又将一本本叠得整整齐齐的画册缓缓翻开——那些，都闪烁着一个少年温和的笑容，清俊的眉眼，每一张，站在领奖台上的、蹙眉思考的、灿然而笑的……那都是他。他每天一个细微的表情，都让她沉醉且敏锐地捕捉下来，成为她永不褪色的青春纪念册。

四

大学里，沁泉活跃了很多。远离了讨厌的数理化，法语又极有趣，她进入大学漫画社并担任社长，画风得到了很多同学的赞赏和喜爱，她渐渐开朗自信起来，整个人都变得明亮耀眼。虽然个性中的沉静未改，可眸子里闪烁着星芒，笑起来的时候神采焕发。于是自然有人喜欢，有人追。

但大学四年，沁泉却并未恋爱。她将一个个的春花秋月都专注在画纸之上。大学三年级的时候，她已经出版了一本绘本，名字就叫《永远的樱木花道》。

绘本是一个有关于寻找的故事。过程悲伤而结局温暖，氤氲着她心底的秘密。不少女孩子沉醉于《永远的樱木花道》的封面。这封面是那么唯美：一条小径一直延伸到远方，小径两旁是两排樱花树，细小洁净的粉红色樱花瓣轻舞飞扬，一个少女纤柔的背影，她孤独地向远方走去，是去寻找爱人，抑或是寻找理想？画面的延伸感给了人足够的想象空间。

待到大学毕业的时候，她已经是小有名气的漫画家，还考上了中央美院的研究生。她终于要奔赴他所在的城市。

在清华前徘徊又徘徊，却在他出现时不自觉地低下头去，心跳得厉害，一如少年时每次的遇见。擦肩而过后，他惊喜地叫出了她的名字：“沁泉!”她不自然地抬头笑笑：“好巧。”

剑眉朗目的少年，已经褪去了青涩，笑容更加和煦，她紧张到几乎窒息。这么多年来，自己拼命追赶他的脚步，当她追上去之时，却发现原来什么也没改变，在他面前，她永远是那个羞怯黯淡的小姑娘。

咖啡厅里，轻轻搅动杯中的咖啡。他有些感慨地说起中学时的往事，一些平淡无奇的事情从他嘴里说出来却是那样趣味盎然，她忍不住嘴角轻轻上扬。

如果他没有谈起乐萤，她会把这次邂逅，当作一个美好的开始。可是，当他用很伤感的语气说，那时，他真的很喜欢乐萤，他拼了命地学习、拿奖，就是为了她能够多看他一眼，可是她始终当他是最普通的哥们……不过，这样也好，做朋友，就是一辈子，起码不用担心失去。

她的心忽然一颤，异常复杂的情绪涌上心头，失落，难过，惘然，还有一丝如释重负的轻松。

她终于抬起头，直视他的眼睛，平静地微笑："是啊，这样也很好。"

她的背包里，还放着出发前她打算送给他的绘本——《永远的樱木花道》。不过现在，她已经不打算拿出来。

如果他心里从来没有她的话，那么，她做得再好，对他又有什么意义呢？就像他一样，他再优秀，对乐萤，又有什么意义呢？

微笑着挥手和他告别，沁泉转身走入熙熙攘攘的人群中。

她想起至爱的席慕蓉的诗：请原谅我不说一声再会／而在最深最深的角落里／试着将你藏起／藏到任何人 任何岁月／也无法触及的距离。

她记得这首诗的名字，叫《诀别》。

是的，亲爱的卓野，那么就让我们，从此不见。

但她仍然很感谢，庆幸青春里有他，就像明月装饰了诗人的窗子，而他也装饰了她少女时代最美的梦。

永远的樱木花道，只在心中。

蓝白色小手套

电影院。

他其实不愿意来看，但是室友们兴致勃勃，他只得一同前来。

《泰坦尼克号》。

真是服了学校的电影院，净放老片子。

正看得昏昏欲睡，忽然听见一个女孩子低低的哭声。

他转过头，看见后座一个女孩泪痕满面，禁不住微微一怔。说真的，他早已不觉得这老片子有多感人。网上也看过了，但那女孩专注的样子，让他忍不住也收摄心神，认真地看了起来。

直到老露西站在船头，将海洋之心坠入深海之中，穿越层层蓝色梦幻，宛若时光倒流。

片尾曲，音乐的确荡气回肠。

整个故事，简单得只剩下了爱情，连海洋和天空都是陪衬。

他想，女孩子就喜欢看这样的故事。

散场后，他若有所思地回头，却发现女孩已经不在座上。心里忽然有些茫然若失。

蓦地，他发现女孩先前的座位上好像有什么。走过去拾了起来，原来是一双长得很清爽的蓝白色小手套。

一定是那个女孩子的。

他拿起手套追了出去。

那女孩的背影纤弱，如袅娜于风中的一朵芙蕖，他没来由地想起一个词，不盈一握。

他唤了一声："同学!"那女孩愕然回头，他递上手套。

女孩接过手套，轻声说："谢谢你，要不小兔子就丢了。"声音好似风吹过风铃，说不出的好听。

他这才看清女孩的脸：泪痕未干，五官并不怎么精致，水墨般清淡，可是微微的笑容和眼里的恬静，让她整个脸庞都呈现出一种月光般温柔的美。

他很奇怪地问："小兔子?"

女孩微笑了一下，说："手套上有两只小兔子，小小的很可爱。"说着，戴上手套，轻轻地把手拢在脸前，让他看手背上的蓝色小兔子，果然憨态可掬。

他自然不懂这些旖旎如画的女孩心事，只是觉得很是温馨有趣。正准备说些什么，女孩的同伴在叫她，于是女孩奔了过去，向他遥遥地招了招手，笑着说："再见!"

他无意识地摇手作别，回到寝室，才懊恼自己没有问她名字。

也难怪，他们才大一，腼腆且青涩。

原以为学校那么小，总能遇到，谁想到再见她却是已经在大三。

在校医院，他穿着白大褂实习，却听见一声“小心，走这边”。

微微一惊，心却怦怦乱跳了起来。那温柔如风轻抚琴弦，雨敲落竹叶的声音，是她！

尽管不过见了一面，他却牢牢记住了她的声音。

他回头，一个女孩搀扶着另一个脚受伤的女孩，正慢慢走过来。他眼前一亮，真的是她！不过两年，她变得越发清秀了，时光在她身上好像施了魔法，大一时的婴儿肥不见了，显得更加柔美干净。

他“啊”了一声，不知道怎么称呼：“你，你好！”

她先是一怔，然后便微笑了。

她居然也还记得他！

却是不便多话，他小心地扶着她同学，让她休息下。

她微笑：“真没想到，原来你是医学院的。”

他笑，还正准备说几句，带他的医生叫了他一声，她忙说不打搅你们工作了，赶快忙去吧。

他怅然若失地点点头。

回到科室里，他突然跳了起来——他又忘了问她的姓名和联系方式。

只好想着，总有时机再碰上的吧。

却是时光如流水，一转眼到了大五毕业。他读的是八年本硕博连读，但是不知道她是不是就此毕业——他忍不住了，他要去找她。

他走过校园的角落，小心地寻找着一张纯净的脸。

风吹过没有人的操场，他颓然坐在地上。

也许，就此缘尽了吗？

晚上，一灯独坐，他看着大一时就摘抄在笔记本上的句子：

哀伤的雨滴慢慢地淋湿了少年时的心，慢慢地忘记了初恋时看过的第一场电影。时光是冲淡伤痕的水，春雨涤净了蒙于记忆的尘，我埋葬心灵的花园，为你加了锁，美丽荒芜着。

窗外，淅淅沥沥，怎么听都是你徘徊在廊上的足音。不敢开门迎你，如果离开一灯如豆的小屋，穿过荼蘼如雪的幽径，推开门，就只有风雨，你让我用什么样的勇气，一个人孤孤单单地再走回去？

看完却失笑。来来往往，人流如海，他终究，是把她弄丢了。

这生命，有太多美丽的遗憾。

夜里，他做了一个梦。梦见他在电影散场，起身离开的时候，她就站在那里，眉目如画。仿佛时光倒流，一切都不存在，整个世界，就剩下他和她。

在梦里，他心里无限温柔涌动。

薄荷绿沁过少年时

大学的校园里有一个绿色的湖，绿得如同透明一般倒映着湖边的草木。筱悦坐在湖边，风清冷，忽而地拂过她的脸颊。

已经是秋天了，落叶轻轻坠在她乌黑的头发上。

往事在湖波中闪闪烁烁。

那是大一的时候，晚上的课也有不少。下了课已经很晚，天空却又飘起蒙蒙细雨。筱悦抱着书匆匆赶往寝室。

湖边，一辆单车忽然停在她身边。

阿悦，乘我的单车吧。

年轻的男孩子散发出薄荷一般的清凉气息，黑眼睛温柔地看过来，酒窝里栖满阳光，让人不自禁地心动。

她的脸微微一红。

是苏晨。

路灯下的微雨中，女孩子的脸遥远而又清丽。

他低下头，印下一枚温柔的吻。

轻轻地，在额头上。

他们恋爱了。

他喜欢送她一捧一捧的小雏菊。那些沾着露水的小雏菊，新鲜地散发出原野的气息，每天摇曳在她的书桌上。

她忍不住唇角上弯。

秋意萧瑟，天气阴沉，而小店里温煦如春，一苗火焰在透明的玻璃壶下活泼泼地跳跃着，薄荷茶的香味。

他俯身倒茶给她，末了轻轻握住她的手，手心里的温暖让她的脸颊苹果般明艳起来。

她温柔地望着他，身边，是一摞刚刚从图书馆借出的新书。

那些日子，真是像英国十九世纪湖畔诗人华兹华斯的诗歌一般清新、无忧而美好。

直到有一天，他握住她的手，目光是一簇熠熠星光。

阿悦，我要去远方。

为什么，我们在这个城市，不是很好吗？

不，阿悦，我想去看看，更广大的天地……

苏晨……

阿悦，我会回来的，但是请你，别等我……

阿悦，我爱你。

再见。

他满怀留恋却又坚定地走了，留给怅立秋风中的她一个背影。

她没有离开，而是留在那个拥有他们太多回忆的大学里教书。那古老的校园，如同一个童话般的城堡，藏着她永远也不愿走出的情怀心事。

她相信有一天，他一定会回来。

阴冷的天空，苍绿的枞树，筱悦轻轻裹紧了大衣。

这样的天气，很让人依恋温暖。

她想念他。

在阶梯教室给学生讲课时，穿行在林荫道时，在湖边的草地上看书时，她一遍又一遍地想念他。

他曾经是她温暖的来源，在阴霾的天气里让她心中也会洒满新鲜阳光。

她依旧喜欢穿绿色，即使在寒冷隆冬，身上仍是春草碧波般的薄荷绿。

风似绿色的丝缎伴着树林悠远的气息。

她轻轻地仰起头。

记得，就是在这里，他对她温柔地说，爱你。

转过身来，却忽然怔了——

面前，是一张疲惫的脸，满身风尘，背着大包的行李。

他张开双臂：“阿悦，我回来了！”

秋天里，她遇见他。秋天里，他离开她。还是秋天里，他终于回来。他的吻，轻轻落在她的额头，就像很多年前那样。

当你转身的时候，我还在这里，没离开过。

身边的绿色湖水沉静如昔，涟漪，轻轻荡开。

九月的夕阳

九月的夕阳，将郁郁葱葱的植物园一般的大学校园笼罩在一片朦胧柔和的光影之中。陆宁就在这时，看到了香樟树下正徐徐转身的女孩。纤弱的身影，清秀无比的脸，白裙子仿佛流泻着点点光芒。那清澈而熟悉的眼睛让他先是一惊，接着是没来由的惊喜。

“云芸!”他脱口而出。

女孩微微一惊，清亮得如同泉水一般的目光落在了他身上，唇角抿出一朵微笑，“陆宁，你好。”她站在那里，如同一棵初春的小树，清冷而充满青春气息，目光却仍是澄澈，全不似他那般惊喜。

他听得自己的名字被她轻轻唤出，清脆婉转如同风铃，一时反而怔了。

高中三年同学，他们其实从未过多交谈过。她那时是太安静的女孩，总一个人默默地坐在角落里，连笑容也少。

他总是奇怪，一个人怎么会那样沉默，一天到晚只是独自看书和做题，只是偶尔抬头看看窗外的云彩。下课的喧闹声里，大家热烈讨论着当下最火的娱乐资讯，她却仍是独自做自己的事，连看也不会看过来，隐隐然如同出尘的冰山雪莲。

他那时喜欢看金庸小说，觉得她完全就是金庸笔下的小龙女，冰冰冷冷，不食人间烟火。其实她未必有多漂亮，可是有一种特别的出尘的气质。他注意到她的眼睛非常清澈，几乎可以用晶莹剔透来形容。

后来隐约听到有关她家世的一些消息。原来她是孤儿，但是被好心人收养了，而不久养父母也生了一个儿子，便把她送到远方姨妈这里来，每个月支付给她生活费。

他大为震动，怪不得她对谁都冰冰冷冷，原来是这样孤单的身世，心底不由得动了一丝怜悯。

第二天，他想跟她说话，转身问她英语作业，她蝶翼般的目光扑闪了两下，默默递过来一个作业本。

他接过本子，一页一页仔细翻看着。本子上透着隐隐的栀子花的清香，而她的字体是那么端正、清秀，一如其人。

他找不出其他的话说，只得讪讪地还了她本子。她默默接过来收好，并未发现他的异样。

可是他的脑海里从此常常会浮现她的影子。“北方有佳人，遗世而独立”。他想，遗世而独立，对，她仿佛不属于这个世界，而属于更晶莹纯粹的地方。

隔几日后，听到她微微的咳嗽，转头一看，她如雪的肌肤上泛着不正常的潮红，他莫名其妙地心中一痛。

一天都没听进老师在讲什么，一心只关注着背后的动静。

回到家里，怎么也静不下心来看书，问母亲：“妈，感冒咳嗽吃什么药好?”

母亲毫不在意地说：“板蓝根、银翘丸都好。”

他若有所思地“哦”了一下。

母亲却不放心起来：“怎么啦，你不舒服吗?”

他慌忙遮掩：“没事，妈，我就是问问。”

母亲仔细看了看他，确定他没病后才带上门出去。

他的心却不平静了，取出自己积下的零花钱，谎称是买书，溜到药店里买药。他不知道哪种药好，就买了最贵的药，心想贵点总应该管用点。想想她的身子那么单薄，学习又那么刻苦，一定需要补补，又买了一瓶六味地黄丸。这种药他吃过，中药微微苦涩的药香让人感到一种温暖和踏实。

早早地溜到学校，在空无一人的教室里，悄悄地把那瓶药放进她的抽屉里。

盖上抽屉，抬起头来，早上的阳光晶晶莹莹的橘红色，非常可爱，他忍不住伸出手来，阳光便如同一汪橘汁一般在他掌心滚动。

他微笑起来，心里涨满了一种微妙的感觉，有些兴奋，有些期待，又有些忐忑。

正在这时，他忽然感觉有些异样，转过头来，教室门口正静静站着一个女孩，清秀的五官，是她!

他赶紧坐回自己的位子。她脚步很轻，走过去像一阵轻盈的风。他听到她把书包放下，把座位拉开。

忽然，他听见她轻轻“咦”了一声。

那声音轻如一缕柔和的微风，可是，惊奇、喜悦、疑惑……他都听出来了。

一时间，他感到巨大的幸福。

她的感冒过了几天就好了，不知道是不是那药的功效。可他相信是的，因为他是那么虔诚地希望她快些好。

体育考试，她跑步不达标，老师勒令一个月后补考。

她垂头不语，雪白的牙齿深深咬着下唇。

大家都散了，只留她一人，独自茫然地站着，望着长长的跑道。

他满心想要跟她说些宽慰的话，却不知从何说起。他知道她一贯刻苦，成绩名列前茅。可是体育，一看就知道，这么单薄纤弱的女孩子，怎么可能擅长体育。

怎么办呢？

晚上他翻来覆去，替她忧心。

他早上醒得很早，闷闷地来到学校。经过操场时，忽然发现一个小小的身影。

是她！

他一声不吭地看着她跑了一圈又一圈，看着那小小的身体里所蕴含的巨大的倔强的力量，他忽然有些心疼。

他明白她没有人可以撒娇，不过十六七岁的年纪，一切却都要自己承担。

不知道被什么力量驱使，他毅然放下书包，跑到她身边不远处，和她一块跑起来。

他不知道如何来分担她的痛苦和压力，好像这样做，可以让自己心安一点。

就这样，每天地跑，她从未回头多看他一眼。可他觉得踏实、安宁，是从未有过的。

一个月后，她顺利通过体育补考。

一天又一天，时光如流水。

高三，压力史无前例的大。母亲日日在跟前唠叨，一定要上重点，他也想早日结束这场战役。

她一如往常地安静，可是他能感觉她的压力，沉沉地压在心上。

理综模考，他发试卷。先忙忙地找她的试卷，一瞥之下，心凉了半截，她考得并不理想。

她仍是安安静静地接过试卷，不多说一句话。

可是他总觉得莫名的不安。

放学离开教室后，这种不安的感觉越来越强烈。他看了看暮霭中玉兰树浓重的阴影，忽然不由自主地停下脚步，转身飞奔向教室。

教室里很暗，一个纤弱的女孩，正伏在桌上低低地哭泣。没有人的时候，她的哭声也是这么压抑轻微，叫人心疼。

他就站在她面前，她乌黑的短发在暮色中闪着青春的光泽，他怜惜地看着她轻轻抽动的肩，下意识地伸出手去，又不敢碰她，就这么僵在了半空。

半晌，他轻轻地说："我们去跑步，好吗？"

夕阳西下，女孩脸上满是雾气般的忧伤。

她断断续续地说起以后的梦想，她希望能有机会去丹麦留学，那是一个童话的国度，有大海还有森林，有飒飒的风清冷地吹过。说起这些，她脸上仿佛散发着淡淡的光芒，在夕阳中有一种圣洁安静的感觉。

她似乎从来没有说过那么多话。

他默默地听着，最后看着天空说："你一定可以成功。"

是的，她是那么刻苦的一个女孩，又那么善良纤弱，她受过那么多他所不知道的苦，她理应得到幸福。

他只是默默祝福。

从未敢有过更多的奢望，他只是在中游徘徊的一个男生。可是，他真的很想离她近一点，再近一点，就这么，能常常看见她就好。

没想到高考时他发挥超常，于是就有机会和她填了一样的名校，也就有机会，和她在九月的夕阳下，再次相遇。

彼此看着，只是微笑。

这夕阳的景色，真美。

书中尘封的青春往事

微风习习的午后，青色的阳光浸过窗棂。恬然收拾屋子的时候，把书架上的书拿下来重新分类整理。

有一本浅绿色封面的书里，突然不慎掉下了一张小卡片。

她拾起那张小巧的卡片，上面用铅笔画着一个少女的头像，栩栩如生，以至于她一眼就认出来，这是高中时代的自己。

恬然怔了一怔。

握着那张卡片，静静坐下来，记忆忽然潮水般涌来。

高中时代，她头发剪得短短的，活泼得像个小男孩。最好的朋友就是坐在后面的沈苏，沈苏又贫又逗，总是和她抬杠。

有一次，他一本正经地问："如果有一辆车，小明，小明的二哥，三哥都坐上去了，请问这辆车是谁的?"

她头也不抬地回答："小明的。"

他哈哈大笑："笨笨方小猪，我说的是'如果'有一辆车，这辆车当然是如果的。"

她这才反应过来，知道自己被捉弄了，气得举起课本要打他。

他每次都能找到新鲜好玩的脑筋急转弯，每次都糊弄得她愣一愣的。

愿赌服输，她没奈何请他吃饭，自然不过是中午头碰头地在课桌上一起吃便宜的康师傅牛肉面。

他却稀里哗啦，吃得很香。

他一本正经地说："方小猪，我会记住今天的。"

恬然愕然回头，只看见他的一双眸子闪闪发亮。

"这是你第一次请我吃饭。"他低声说。难得的沉静忽然让他呈现出一种魅力。

恬然忽然有些心跳加速，她定定神，笑道："你还是真爱方便面啊。"

他一眨眼又恢复原样，几乎让恬然以为刚才看见的那个沉静得有些忧郁的男生是自己的错觉。他嬉皮笑脸地说："下次请我吃大餐。"

恬然生着气："还让我请啊。你还没请过我呢。"

他眼前一亮："好啊，我请你，下周三怎么样？"

恬然这才发现自己上了当，向他扮了个鬼脸然后跑了，远远传来她的声音："本姑娘没空！"

结果周三他笑嘻嘻地低声告诉她："今晚我妈做了麻辣小龙虾哦。"她最喜欢小龙虾的鲜美，于是她瞪了他一眼，很没骨气地跟在他身后屁颠屁颠地走了。

那晚吃得她险些扶墙出来。沈苏妈妈手艺好，人又温婉，很喜欢恬然，一个劲地要她多吃。沈苏只是笑，却吃得不多，倒是她一个小女孩消灭的小龙虾最多。

她以后再也没有那么痛快地吃过那么多的麻辣小龙虾。

《情书》电影风行的时候，恬然去图书馆借了一本翻译过来的《情书》。看了之后，她被那含蓄温柔的暗恋迷醉得神魂颠倒。

终究还是忍不住看了电影。少年藤井树在书卡上温柔地描摹着少女清秀的眉眼，那些线条，栩栩如生。

真是令人感动的爱情故事啊。她跟他说："藤井树怎么能画得那么好呢?"

他看了她一眼，说："如果非常喜欢一个人的话，是很容易勾勒出那些线条的。"

她不解。

他抬头看着天空，慢慢地说："那个人的影子在心里出现过无数遍。吃饭时想，睡觉时想，走路时想，有一天就会忽然发现，那个人是自己生命不可或缺的一部分了。"

她难得看到他如此正经的样子，笑着打了一下他的头。

结果一段时间后，她的书没带，她习惯性地去拿他的书，书中居然滑落一枚书签，她拾起一看，是一个少女的背影，身段纤巧，侧脸楚楚动人。

同桌也看到了，笑嘻嘻地趴在她耳边说："觉不觉得像一个人?"

她也是觉得有些眼熟，一下子想不起来。

同桌恨铁不成钢地说："傻瓜，这不就是你吗?"

她忙推了同桌一下："干吗，别乱想。"

细细看着那幅画，真是她吗？

忽然有人说："哈，看什么呀。"书签一下被人拿走，她吓了一跳，原来是他回来了。她有些心虚地说："你画画这么好，应该去美术学院。"

他满不在乎地收起："不好意思，我去不了，我只会画这个人而已。"

她的心怦地一跳，偷偷看他的脸，想起平常他总恶作剧似的气得她哇哇大叫，就觉得他喜欢她是一个笑话。

结果她真的忍不住笑起来了。

他转过身来，见她忍俊不禁的样子，忽然眼里落满忧伤："方恬然，我喜欢你，是这么可笑的事情吗？"

她退后一步，瞪大眼睛，结结巴巴地说："你，你，不会是认真的吧？"

他忽然哈哈大笑，她方知自己又被捉弄了，气得抓起课本追着他满教室跑。

自然也就没有人再提起那张书签的事了。

高考终于呼啸着而来，也意味着即将面临毕业。

他和她的成绩并不在一条水平线上，他问她："填了哪里？"

她摇头："我填本省的好了，又离家近。你决定了吗？"

他笑笑说："我也填本省。"

她"哎呀"一声："你分数那么高，干吗填本省，太浪费了懂不懂？你爸妈会愤怒得跳起来的。"恬然说，"早上我还碰见你妈了呢，你妈说想让你填北航。"

他没有说话，只是笑了笑。

恬然看到他眼睛里一闪而过的熟悉的忧伤。不知道为什么，心里也轻轻地痛了起来。

他终究是填了北航。

临分别时，他来找她，送了她一本绿色封面的《苏菲的世界》："方小猪，送你这本书，留作纪念吧。"

她头痛得很，嘟囔着："你又不是不知道我最怕哲学。"

他眼睛闪了闪，想说什么又没有说，只是张开双臂抱住了她："方小猪，好好保重，一定要一直这么开心啊。"

她伏在他怀里，也有些鼻酸。

没有他在一旁打打闹闹嘻嘻哈哈，日子想必也会寂寞很多吧。

就这么，分离了，经年不见。

恬然后来一直没有翻过这本书，却是带着它海角天涯地走，经历了沧桑与风云后，最终安定下来。

那些没有说出的话，都融在这张画里了。那线条多么简洁多么生动，即使方恬然已经为人妻、为人母，也仍然忍不住怦然心动。

她终于明白，在那些已经尘封起来的过往岁月里，他曾经真的爱过她。

人生若只如初见

初入大一时，有一日文悦在图书馆看书，静思。然后起身，走到书架前，将书插入，再仰着头，踮起脚去拿一本心仪的书。不料抽带下来几本，“轰”的一声，在图书馆不啻是一声巨雷。

她慌忙蹲下身来捡书。这时，有一个男生路过，停了脚步，静静地帮她把书捡好，码齐。

她抬起头来对他轻轻一笑，吐了吐舌头，然后转身离开。全然不知他静静站起，一直看着她远去。

她并不是十分美丽，可当她笑起来的时候，有一种无法形容的生动。他想。

无端地怅然，不过是偶然遇见，他笑自己。甩甩头，然后走开。

再见面已是老乡会上。她一转身，碰见他的凝眸，怔了怔，惊喜得险些叫了出来，眼睛晶亮有若水钻，流光溢彩——那么一个照面，她居然也是记得他的。

不知怎的，他心里有微微的喜悦。

彼时，他却有了女友，是英语系的系花乔雅。大家都觉得他们是公认的金童玉女。乔雅的漂亮也让众多男生对他暗自羡慕，时不时有人擂他一拳："你小子，好福气啊。"

他只是笑，不是不得意的。

可是没想到在这里碰到了她。他知道她叫文悦，也告诉她自己叫林鹏云。她睁大眼睛静静地听他说话，自己也时不时插上两句，安安静静，却轻轻柔柔无比熨帖。末了，微微一笑，梨涡浅现，仿佛阳光一寸寸从云层里钻出似的。

这天他很高兴，说话之多连他自己也惊讶。临走时，她忽然问："你知道乔雅吗?"

他很惊讶："你认识她吗？她是我女朋友。"

她点点头，又是一笑："当然认识了，我们是一个寝室的。"

他怔住，却又是一阵欣喜。

从前乔雅总让他上她寝室接她，他觉得不大好意思就没去过。可这一阵，他一反常态地跑她寝室跑得勤快。乔雅很是高兴，也有几分骄傲，高大英俊的男友让她在室友的羡慕目光中悠然自得。

他总是局促。女孩们开着他和乔雅的玩笑，他笑也不是，气也不是。然后总有一个娇柔的声音替他解围："好啦，别闹了。"窈窕身影走近，一双小巧的手递上一杯热气腾腾的茶，他抬头，碰上一双含笑的眼和盛满阳光的梨涡。"喝了茶再走，这可是我们寝室的待客之道哦。"她歪头笑着离开。

他接过茶，茶的清香隽永让他精神一振。他慢慢一口一口地喝着茶。乔雅还在化妆。

趁等待的空隙，他和乔雅有一搭没一搭地说着话。她背对着他们对着电脑打字，偶尔也插几句话。他透过茶水的氤氲，看见她书桌上满满的书。

腹有诗书气自华，忽然想起这句话。

喝完了茶，他便带着乔雅离开。那茶真的是太好喝了，令他许久都不能忘怀。

她坐在电脑前并不起身，只是转头嫣然一笑算是道别。

那次讲座能碰到她他实在是十分惊讶。本是想拉着乔雅来的，可乔雅没兴趣，他只得独自前往。不料刚坐下便碰上一双熟悉的亮晶晶的眸子。是她！

她显然也没想到能在这里碰见他，错愕后是惊喜。

教授慢慢讲着，讲的是十九世纪英国浪漫主义诗人济慈，声音抑扬顿挫，仿佛山泉之水汩汩流动。两人静静听着，偶尔低声讨论。他心里忽然感到从未有过的安宁甜美，甚至希望讲座永远不要结束。

讲座散场，两个人都是意犹未尽。“我送你回去吧。”他说。

“不用了，我自己走就好了。”她婉言谢绝，抱着书离开。纤柔的背景却透着几分倔强。

他看着她远去，满心惆怅却无话可说。

乔雅是当之无愧的美女，无论行走或是坐姿，都似一幅画儿。但美女也有脾气，在一起的时候便常常吵架。乔雅赌气回了寝室。

他正气得无话可说时，她的电话便来了，那个熟悉的轻轻柔柔的声音：“小雅在寝室哭了，”她说，“两个人在一起，多体贴、多谅解一下对方。”

听到她的话语，像是被冰雪浸过，一下便没了火气。他拨通了乔雅的电话：“阿雅，我在楼下等你。”

不久，临近大四，他准备考研。乔雅很支持他，在他上自习的时候，端一大杯茶来看他。

“小悦煎的茶。”乔雅兴奋地说，“小悦说这茶提神。”

他心里忽然有微微的波澜。掀开茶盖，喝了一口，果然是熟悉的清香味道。他知道文悦已经保送研究生了，也难怪，她总是那么勤奋，那么努力。

不久毕业，他考上本校研究生，而文悦保送去了浙江大学，乔雅找了一份翻译工作。

火车站上，乔雅抱着文悦哭得天昏地暗，文悦拍着她的肩，轻轻说：“珍重。”

临上火车，文悦忽然回过头来，招了招手，然后嫣然一笑。

林鹏云想，他一辈子都不会忘记那个美丽的笑容。

那样阳光、开朗、清澈，还有……

为什么会有一丝淡淡的忧伤……

两人吵架很多，又没有了文悦做调和剂，他觉得很累很累。午夜梦回，他总是想起那个眸子明亮、笑容清甜的女孩，想起那杯清香的龙井茶。乔雅当然也会泡茶，但是她却煎不出那种隽永绵长的味道。

在一次大吵以后，他终于倦了。于是，情不自禁地，独自一人踏上去杭州的车。

杭州果然是人间天堂。江花红胜火，江水绿如蓝，更有三秋桂子，十里荷花。只是此刻，他无心欣赏。

终于找到她的宿舍，轻轻敲门，门开了。

是陌生女孩的脸。

听明来意后，女孩说：“她和她男朋友一起度假去了，要不要你给她打个电话?”

他有满腹的话，一下便堵在了喉头。他怔了半晌，方苦笑着说：“不用了，谢谢。”

整整一天，他漫无目的地在街上走着，他想起了很多很多事情，她的身影在他脑海清晰起来，然后又模糊下去。

他想，其实那时，他心底，是曾经喜欢过她的吧。只是这喜欢太淡了，淡得连他自己也忽略了。

那她呢？便是个谜了。她从来就是个谜一样的女子，他永远猜不中她的心思。

他抬起头来，听见风轻轻地回旋。

回去，他拨通了乔雅的电话：“阿雅，我们和好吧。”

他决定按照她所说的，好好地、用心地经营现在手中的这份爱情。

原来，精灵住错了森林

一

杭州老乡会上，他和室友赵欣扬同时见到了一个穿着淡绿裙子的女孩儿。乌发垂肩，抿着嘴唇，脸颊上旋起两个小小的梨涡，娇娇怯怯的样子。

她就那样站在那里，眉眼清纯得好似春天里一处寂静的风景。

无端地，他听见自己怦然心动的声音。

师姐过来介绍："这是管理系的任小乔，这是土木系的安云逸、赵欣扬。你们都是大一，来，相互认识一下。"

她略略一点头，垂下目光，轻声说："你们好。"

他呆了一呆。她的声音是那样好听，仿佛山泉水里的碎冰相互碰撞，叮叮咚咚的，绕着心房打转，清脆入谷。

她等了一会，没有听到回应，有些奇怪地抬起头来，正碰上他的目光——

她的眼睛竟是那样清澈明亮！仿佛深潭一般，潋滟着盈盈的水波。

一时间，他明白，自己已经彻底沦陷。

不记得谈了些什么，只记得他告诉她，杭州有一处名胜叫作满觉垅，是一座小小的山坞，里面全是桂花，花开时香飘十里，令人心旷神怡。

她新奇地扬着眉，问："真的有那么美的地方吗？"声音柔细如丝。

那个地方美极，却不是人人都知道。尽管都是杭州人，小乔和欣扬居然没有听过。

他点头："是的。我就是在那附近长大的。"小乔便微笑了，他却怔住了。

一朵洁白清香的百合缓缓绽开，原来就是这个样子。

回到寝室，他躺在床上，却怎么也睡不着。发呆了许久，眼前总是浮现她俏丽的影子，耳畔全部都是她的甜美声音，轻轻细细的，绕着心房打转。凝神去听，却又没有了。

他想，任小乔是怎样的一个人呢，会对他有好感吗？

下铺的欣扬踢他的床板："云逸，陪我说说话。"

他心不在焉地答了一声"好"。

欣扬缓慢地说："我想起一个欧洲的小故事。一个工人看到以美貌著称的女公爵，惊慌之下大声说道：'您的眼睛可以点亮烟斗！'"他顿了一顿又说，"我以前总觉得夸张，直到今天，我才知道，原来，真的有这样明亮的眼睛。"

他心里也浮现出那双美丽的眼睛，唇角禁不住沁出丝丝微笑。

没等到他笑容消逝，欣扬又说："云逸，我想我爱上任小乔了。"他的语音忽然凝重："云逸，你是我最好的朋友，你要帮我。"

二

众人皆说安云逸最近迷上了《三国演义》。作为土木系的男生居然会对古典名著感兴趣，着实难得。却不知，他一遍一遍地，着眼的只是三国里对于小乔的只言片字，宛若惊鸿一瞥。

那个战乱的年代，小乔的美，如同电光划亮了那方苍凉昏暗的天空。

而这任小乔，她的美，也是这样的吗?

他不知道，只是反复地低念着小乔的名字。

小乔，小乔。

爱得如此辛苦，却不敢让人知道。

他已经知晓自己的兄弟欣扬对小乔展开的每一步攻势。他到她自习的教室去偷看她了；他在路上故意碰到她了；他讲笑话给她听，逗得她咯咯直笑；他请她去最好的食堂吃饭；他送她回寝室……他打听到她喜欢读古典书籍，于是就跑了很多书店，专门买那种古意盎然的淡黄色纸订本给她，这些书每本都会夹带一些小东西。

有时是香樟树的叶子，有时是雏菊花的花瓣，有时是蒲公英的飞絮。每每在打开书页的时候总会点亮她的目光。

他几乎惊诧于爱情的力量。欣扬是那样大大咧咧的一个人，居然也会有如此细腻的心思。

最后，欣扬在七夕情人节时送给小乔一大捧美丽的萱草，衬着新雪般的满天星，那么明艳动人。

萱草是古代的爱情之花，在这个城市，比玫瑰更难寻找。这份古典的礼物，如此独具心意，小乔终于感动。

是的，小乔现在已经是欣扬的女朋友。

常常见面，小乔却仍然没有忘记生满桂花的满觉垅，总是微笑说什么时候一起回去看看，双目晶莹纯澈地望着他。

他不敢多看，转过了脸。

他眼睁睁地看着自己最好的朋友与自己心仪的女孩子在一起，却是一句话也说不出来。

小乔，必然也是喜欢欣扬的。

是啊，欣扬一米八几的个儿，英气逼人。他有着殷实的家底，出手阔绰，每每都有惊喜点亮小乔的笑容，让她更加容光焕发，明艳动人。

而自己呢，能给小乔那样的生活吗？连学费都是打工挣的，现在还时不时地要靠当家教来解决生活费，恐怕连陪她的时间都没有，又何谈其他呢？

他只有更拼命地学习，更拼命地赚钱。

三

老乡会组织出去春游，是风景旖旎山区当中的一个粼粼水潭。他不能不去。看到小乔在欣扬身边笑靥如花，他心如刀割，慢慢偏转了头，走了开去。

春日的风景是醉人的，可是这样清新如洗的景色，总是让他想起初见小乔时眉眼的清纯，只会更增惆怅。

水是眼波横，山是眉峰聚。欲问行人去哪也？眉眼盈盈处。

他闷闷地独自一人走着，忽然听见人声喧哗，都往一个地方跑去。他有些奇怪，侧耳细听，“有人落水了！”“是个女孩子！”

他脑袋轰的一下，离开前，他看见小乔蹲在湖边撩水玩。

他发力往那儿奔去，只见碧波中一泓淡绿衣裙，长发女孩儿正在水中挣扎着。小乔正是绿衣长发！

再也顾不上其他，料峭春寒，他没用一分钟便脱下自己的衣物，纵身跳入潭中。

潭水冰冷，寒意入骨，他却一点感觉也没有。他只是奋力划着，划着，只有一个念头，一定要救起她！

他不敢想象小乔有任何事，小乔不跟他在一起又如何，只要她过得幸福，就已足矣。他此生再也不奢望其他，只要这次，小乔没事……小乔，你一定不能有事！

气喘吁吁地上岸，还没来得及喘气，他急急去探她的气息，还好，还有微弱的气息。正略略放心，忽然目光拂过她的脸，他瞪大眼睛，不是……不是小乔！

“云逸！”熟悉的声音，却是欣扬，带着小乔匆匆拨开人群跑来，“我和小乔去找你，你……这是怎么啦?”

他没有听见云逸的话语，只是看见了小乔的眼睛，潋滟着盈盈水色，美如这一春天的深潭。

他已经无力谈话，瘫倒在地。

刚刚已经用尽了他全部的力气。

四

救上来的女孩子后来成了他的女朋友。宁小湖，女孩如同她的名字一般温柔娴静。

他无法拒绝她不设防的笑容。在她来到他身边，含羞看着他时，他只知道自己要对她好。但是渐渐地，他开始喜欢上她笑起来露出的雪白的贝齿，唇边漩起的小小梨涡，她灵活的大眼睛，乌亮柔顺的长发。

冬日寒冷的时候，他把她的手放进自己的大衣口袋里。温暖的阳光洒在他们身上。

她仰头看着他的脸，眸子明亮，微笑着说："你知道我为什么爱上你吗?"

他微笑着拍她的头。

她看着他的眼睛："在我意识开始涣散的时候，有一只手牢牢抓住了我。迷迷糊糊中我看到了一张脸……像个英雄。"她小声说，"我想我爱上了那个英雄。"说完又脸红，赶紧低下头来，说不出的娇憨可爱。

他微笑着揽她入怀："傻丫头。"

容易满足的人是幸福的，小湖就是这样一个容易满足的人。像他这样什么也没有，各方面也说不上出色的男孩子，她爱得那样专注，那样一心一意。这份爱让他的心变得温柔而又明亮。

小湖对他太好，他知道自己要珍惜。这是上天给他的缘分，把小湖送到他身边。

他带小湖去杭州的家乡，满觉垅，那个生满桂花、香飘十里的小山坞。

小湖惊喜不已，在桂花的盈袖香气中奔跑着，裙裾飘扬，窈窕身影在桂花丛中若隐若现，宛若花间仙子。“太美了，云逸!”她回眸望着他，“简直是天堂!”

他站在不远处，宠溺地看着她。

他们在满觉垅待了一天，满觉垅从早到晚都是那么香，香浸肺腑，令人醺然若醉。

他觉得很安心，因为她在这里。

可是不期然地，他又忽然想起，初见时，小乔流转的明亮的目光，盈盈似潋滟的湖水：“真的有那么美的地方吗?”

已经大四，他找到了房子，搬了出去。

欣扬惋惜地说：“搬出去干吗，快毕业了，兄弟们也就只有这么几天好聚了。”他并不知道最好的朋友对于自己女朋友的心情，从小到大，欣扬只不过是个粗心却善良的男孩子而已。况且自恋爱后，他的心思也就只在小乔身上。

他没有说话，只是笑笑。

他知道自己仍然忘不了小乔。每当小乔来到宿舍，他心里总是涤荡着春天的风景，小乔的绿裙在他眼前摇曳成一片连天芳草。

可是，他已经有了小湖了，他不能还想着其他的女孩。

于是，离开吧。

日子平稳滑过，波澜不惊。

五

终于到了分离的这一天。

小乔执意北上。这个看似柔弱的女孩子，骨子里却极要强。欣扬本已保研，但为了小乔，他立刻放弃了保研，陪小乔去北京闯荡。

而小湖和他，则留在了这个城市。他是知足常乐的人，有一份稳定的工作，有一个温暖的家庭，便已很满足。

但是梦中，仍会浮现几点淡绿的影子。

他想，时间久了，会忘记的。没有什么能敌得过时间。而且小乔也会幸福，欣扬那么爱她。对一个女孩子来说，这已经是完美、幸福。

他和小湖送小乔和欣扬上车。欣扬把东西搬进火车，小湖去买水，只剩他和小乔，相对无言。

他看着小乔娇弱窈窕的身段，恍若又回到最初他第一次见到她的情形。现在的她和那时仿佛没有任何区别，仍是肌肤如雪，双目晶莹。只是，目光里多了一份成熟和干练。

反是小乔先打破了沉默："云逸，你对我……有过好感吗?"还是那样好听的声音。

他怔了怔。

小乔忽然低下头，轻轻叹了口气："原本，我是喜欢你的，可是，你却不喜欢我……"她黯然低头，"后来，我在和欣扬的接触中，发现他真的是个很好的男孩，慢慢地就爱上他了，我们在一起是很幸福……可是，总是想起，要是以前你也喜欢我的话，会是怎样一段故事呢?”话语间有无限的缱绻。

他大大地一惊，原来，小乔最开始竟是喜欢他的!

一时间，宛若有千言万语涌上心头，他百感交集，几乎就要脱口而出：“我也是喜欢你的，小乔!”这是在大一时他梦中萦绕过千百遍的场景，亲口对小乔表白。可是现在，自己已经不是大一的时候的那个自己了。

弹指四年，沧海桑田，很多事，已不再如初。

许久，他温言开口：“小乔，我们现在都很幸福，这就够了。”

小乔静静望着他，寒潭般的眸子渐渐涌起雾气，唇角却展开笑容：“我懂了。”她说。神色间仍有留恋，却多了一丝说不出的轻松。

他心里也是从未有过的轻松。仿佛有什么在心中轻轻碎裂开来，音乐般地响。

在向火车招手作别时，他知道自己终于完全放下了。

回家路上，计程车里，小湖已经睡得迷迷糊糊，蜷缩在他的怀抱里。他轻轻唤了一声“小湖”，小湖含糊地答应了一声，往他怀抱的温暖处又蹭了蹭。

那个黄昏，有着无限温柔的余晖轻轻罩在小湖身上，调和出一道道温馨的光晕。

他不由得莞尔，低头轻吻了一下她的额头，忍不住喃喃说道：“小湖，我爱你。”

计程车里正放着音乐，是张韶涵的《亲爱的那不是爱情》。

他微笑着听。“太美的承诺因为太年轻，但亲爱的那并不是爱情。就像是精灵住错了森林，那爱情错得很透明。”很通透的声音，歌词缥缈，婉约如诗。

原来，就算精灵住错了森林，也可以很幸福。

不是每个精灵都能找到最初想要的森林，但只要它喜欢上那个新的森林，一切仍然可以很美好。

情书

如果一个人的青春，平淡且冗长，会不会很乏味？

她的青春就是这样的。她从小便是安静的女孩，后来高分考上了重点大学，读的是热爱的英文专业，研究的是翻译文学。大学里，她最爱去的地方，便是图书馆，带上一支笔、一个笔记本、一杯水，便能耗去一天的好时光。

就这样，一个个的春花秋月悄悄流逝，想起来竟然也不怎么后悔。除了父母的期望，更多的是因为这原本就是自己喜欢的生活吧。

后来，毕业，读研，读博，留校工作。有老教授热心介绍，她便与第一个相亲对象，一个善良且温和男子恋爱并结婚，然后怀孕，生子。

就这样，时光悠悠，青春渐老。

她成了学校里最年轻的副教授，专著颇多。众人皆赞她学业有成，家庭幸福美满，学生们也仰慕着她。可是她总觉得，好像生命里，少了什么一样……末了又笑自己，什么没有呢，还有什么不知足的。转眼看到丈夫温和的脸与儿子可爱的面容，也觉得心满意足。

一日，她像往常一样，坐在图书馆里看书。依旧是一支笔、一个笔记本、一杯水——多年来她一直保持着学生时代的习惯。

忽然，有人在她的对面坐了下来。她不以为意，这是常有的事。

直到一枚书签，轻轻地推到了她面前，她这才愕然。更惊奇的事情发生了，这书签上，居然是一个少女的侧脸，她一眼就认出来了，这不就是自己吗？

那时还是长发披肩的女孩，蓬蓬松松的毛衣，睫毛安静地垂了下来，正低头看着一本厚厚的书。一时间，仿佛时光倒流。

她抬头，又是一呆—— 是一双温柔的眼眸。那双眼眸属于一个不再年轻的男子，但那张脸，是一张令人心动的有魅力的脸。有种似曾相识的感觉。

他对她微微一笑，手上一把的书签递了过来——那书签上，居然都是她：她不自觉微笑的，站在书架前翻书的，在窗前看累了闭眼小憩的……

她其实并不是书呆子。她看过岩井俊二的《情书》，只是万万没想到，这样干净纯澈被暗恋的经历，也能发生在自己身上。而这么多年了，自己却毫不知情。

她看见那男子温柔的眸子，那样亮，仿佛是来自于另外一个世界，她曾经渴望过的世界的光芒。

走出图书馆，她微微发怔。刚刚，她听到了一个故事，那个男子告诉了她一个关于少年暗恋的美丽故事。

她觉得自己没什么好，只是一味地安静而已。居然能在漫长的青春里，被一个男孩，这样真挚而深沉地喜欢过。

她忽然觉得好像有什么失落了的东西被找回来了，心灵瞬间充实了。

一直以来，她都认为自己的生命中缺失了什么。直到现在她才明白，缺失的，是青春，是年轻的时候，敢于去付出的一颗真心。

流水的光阴

风的声音

中学时，她是特别安静的一个女孩。课后，大家都喧闹着，唯独她喜欢静静地站在香樟树下，看天、看云。

他抱着篮球汗水淋淋地经过，好奇地问："在干什么呢？"

她莞尔笑道："听风的声音啊。"

风，也有声音？

他不由觉得好笑，但见她清秀的脸上笃定自信的表情，鬼使神差地走到她身边，静静地听起来。

可是……

除了同学们的喧闹嬉戏之声，哪有其他的声音？

他便笑着问："风是什么声音，我怎么听不出来？"

她转过头来，微笑："你闭上眼睛仔细听听。风的声音，像水流一样，细微的，叮叮咚咚的。"

他不由得也闭上眼睛。

真的很奇妙，他仿佛感觉到了，有细细的风自香樟树的叶子间漏下，像水流一样清澈晶莹的声音，轻轻地，轻轻地，在空气中荡漾开来。

他睁开眼，看到身边的女孩子闭着眼，安静而恬然的表情。长长的睫毛那么轻盈，像小时候看到的在夕阳下飞舞的蒲公英。

无端的，他听见自己心里风一样清脆晶莹的声音。

那是第一次知道什么叫怦然心动。

她是安静平淡的女孩，除了南方女孩皎洁的肤色与乌亮的眼眸之外，她也没有特别引人注意的地方，成绩确实在班级上游，可也不是很拔尖儿。在人群中，她并不显眼，甚至似乎是有意要让人忽略。可是那一次在树下共同听风的经历，却让他记住了她。

而后并无过多交集。她也是默默努力的女孩，很用功，似乎不知疲倦。他偶尔想偷懒，看看她，便能正襟危坐。

渐渐地，高三备考进入冲刺阶段。而立夏后，也是一天比一天热。中午大家都在教室自习或小睡，都不回去。

有一天中午，窗外浓荫，蝉鸣不断，大多数同学倦倦地伏在课桌上打盹，他也睡意袭来，枕着手臂。转眼望去，却见到她仍在一页页地翻看着书，神情恬然而专注。

心里，又拂来了清脆晶莹的风的声音。

后来高考终于呼啸着而来。她考上了北京的一所重点高校，他考上了上海的一所重点高校，但却都不是自己曾经心仪的大学。在她的纪念册上，他写过，如果有幸的话，希望能在同一所大学相遇。但是，不知为何，填报志愿的时候，他却没有选择她所在的那个城市。

就这样，大学四年，两人在不同的城市。她本不是活跃的女孩，同学会也不见她的身影，QQ 群里只是潜水，同学们之间聊起，都有人开始想不起她的面容。他给她打过电话，但她从来没有回过。

后来，他渐渐地就不打了。

真的渐行渐远，再也没有了消息。

大学里谈过两场轰轰烈烈的恋爱，然后毕业了，分手了，工作了。经人介绍认识了女朋友，交往一年之后结婚了，然后又生了女儿——他开始进入了平凡人波澜不惊的生活轨道。

女儿懂事之后，他常常在女儿睡前，为她读几篇童话故事。

这一天，他给女儿读的是《柳林风声》，这是一部隽永亲切得如同柳树下漏出的柔风一样的童话。他低声地读着，女儿静静地听着。

女儿忽然好奇地问："爸爸，风也有声音吗？"

心中，忽然浮现那清秀的脸上一抹淡淡的笑容。仿佛有从香樟叶下漏出的细微的风在身畔波动，那样酷似水声的清脆晶莹的声音。

那是一份，弥足珍贵的，久违了的感觉呀。

一时间，他仿佛又年轻起来，还是那个抱着篮球，在香樟树下，对着那个安静女孩笑得青春张扬的青涩男孩。

许久。直到女儿撒着娇摇着他的手时，他才从回忆中惊醒过来。

于是，他微笑着对女儿说：“是的，风，是有声音的。”

只是那风里的密码，也被丢失在岁月深处，久远得像一个谜，一个他曾经期盼读懂却最终没有机会读懂的谜。

等待着一枚枫叶

高三时，他和她成了同桌。

她是沉默寡言的女孩，只是特别用功，成绩总在前几名，属于学霸型的人物，但总不说话，上课也很少发言。而他是调皮捣蛋的男生，唯独爱着的，就是踢球。

他与她是同桌，但一个月说的话，加起来也没有几句。

因此，几个月过去，他还是不了解她是怎样的女孩。

直到有一天，他上生物课走神的时候，居然被老师发现了，然后不出意料地被叫起来回答问题：“这位同学，请问枫树是属于什么科？”这是什么题目，也太偏了。他尴尬地站着，正准备出洋相，却没想到一张纸条默默地递了过来。

上面是寥寥几个隽秀小字：“槭树科。”

他心中微微一怔，随即有植物清香一般的欢喜，淡淡地在心中弥漫开来。

下课了，她仿佛没事人儿一般，照样一张清冷的脸，低着头静静地看书。

他却觉得，仿佛有什么变得不一样了。

平日只觉她特别安静，眉宇间似乎淡淡一抹悒郁清愁。她并不是明眸皓齿的美女，又习惯默默地坐在角落里，因此无人注意到她。她似乎很安于这种状态，静静地在自己的世界里，过着自己的日子。因学业出色，老师倒是很喜欢她，却也有部分同学讨厌她，说她清高孤傲。她对这些全不在意。

下课，踢完球回来，他买了一支绿豆冰棍，想了想，又买了一支娃娃头巧克力牛奶冰激凌。

回到教室，她还在静静看书。

“喏……请你吃冰激凌……谢谢！”他紧张了一下，话一出口，就结结巴巴了。

她抬起头来，看到他涨红的脸，忍不住展颜而笑。然后伸出手，接过了那支冰激凌。

她笑起来居然很甜，像一枝临水的雪白栀子花突然绽放，与平日的清冷大不相同。

他看呆了。

从此，每天早上在教室遇到时，她不再陌生人一样只是看书，而是向他微微一笑，算是打过招呼。浑不知那笑容在他心中唤起的惊涛巨浪。他忍不住手心出汗，心中却是甜美难言，仿佛刚吃过了一支娃娃头牛奶冰激凌。

他忽然眷念起她笑容中的温度，他很渴望能多看到她的笑容。她其实也并不是冰冷的一个人，只是刻意地拒绝别人的接近。

毕业时，她考上了北京一所大学的生物系，而他考上了长沙一所大学，也是生物系。他选择生物，无疑是受她影响。他想通过她热爱的专业来了解，这样的女孩子，内心会有怎样一个清芬的世界？

他的大学背靠着一座秀丽的岳麓山，他便常常去山上采集各类植物，胸中尽是草木芬芳之气。累了，便仰起头，看着蓝天上舒舒卷卷的云朵，像是她微微的笑容。

秋天里，岳麓山的枫叶红了，层林尽染。他想起那年课堂上老师的提问和她暗地里的相助，忍不住笑了。于是写信给她，把红叶夹在信里寄给了她。

居然很快收到了她的回信。一打开信封，一枚红叶飘落了下来。他赶紧拾起，像是拾起了一枚珠贝。

她在信里说，北京的香山红叶，也是很美。

信里不过静静诉说着平日里再普通不过的事情，他却把信一连看了好几遍，仿佛那封信上，正奏着灵魂的乐章。

就这样，他们开始通信了。

他常常想在信里写：“我喜欢你，你……能不能……”但是每次在写了之后，却又默默删掉。只是写着岳麓山的风，岳麓山的月，岳麓山上摇曳的枫叶。

就这样，三年下来，信也积了厚厚一沓。但他始终未能说出那句话。

他暗自准备了三年，从大一进校起就开始准备，要考上她所在的高校的研究生。如果信里说不出口的话，那么，就当面说吧。

等成绩的日子，度日如年。而成绩终于出来，是十分漂亮的分数。

他去北京参加复试，复试过后，他便去找她。

银杏树下，她微微笑着向他招手。她长大了，漂亮了，仍然是恬淡沉静的气质，只是更多了一些自信，仿佛如玉生晕，很是好看。

以前种种，浮上心头，他心跳加快。

还没来得及告诉她考研成功的消息，却被她微笑着告知，她已经被加拿大一家高校录取，正要奔赴那个枫叶之国了。

他把要说的话咽了回来，涨红着脸结结巴巴说：“恭……恭喜你!”

为什么，总是追不上她前进的脚步呢？

他们在校园里的湖边坐下，正是人间四月天。

她慢慢地说起她的一些故事。她家庭的变故，小小年纪所经历的世态炎凉。他才了解，她为何总是沉默。

末了，她伸出手轻轻握了握他的手："谢谢你，你是我高中时唯一的好朋友。"

他全身都感觉轻飘飘的了，步步如走在云端。

九月，他终于来到了这所朝思暮想的名校。看到古朴富丽的校门之时，他心中涌起一缕柔情。

虽然，她已经不在这里，但是，没有关系，有一天她终究会回来。

他会一直等她回来，然后，再上演，他用整个青春期盼了太久的故事。

直到，黄叶纷飞

每一个黄叶纷飞的时候，他都会想起她。

其实是一次深秋里的集体出游，她恰好站在他身边，于是他便充当了她的免费摄影师——是很活泼的女孩，笑声清脆得如同贝壳做的风铃。

于是，整整一天，他捕捉着她的身影，她被风掠起的柔发，她大树下略显纤弱的身段，以及快要回去时她黄昏中明亮的笑靥……

他的眼睛，也如这镜头，把这一幕幕拍摄到了脑海之中。

从此，他对她的感觉，有了微妙的变化。

而她浑然不知。

照样把他当好朋友，有了好吃的零食也慷慨地拿给他，发现有趣的事物也不客气地抢去观赏，和他谈笑，拍他肩膀。而他忽然间总是脸上微微一红。她不懂。

后来高考，两个人考上了同一个大学的不同专业。她知道这个消息时，欢呼雀跃不止，揽着他的肩膀哥俩好地说："以后继续听我使唤啊。"

他宽厚地笑着，不期然又红了脸。

到底要不要向她表白呢？

高考后整整一个夏天，他都在思考这个问题，每次想起，脸上总是微微一红，心中，则涌起不可抑制的幸福感。如果每天都能看着她，还能牵着她的手，轻轻地吻她的额，那不是在梦里见过千百次的场景吗？

大学刚开学，他去找她，她正忙着收拾行李。见到他来，她抬头笑了："来，帮我一下！"他很自然地接过她手中的行李。

两人一起坐着火车去异地的大学。

她望着窗外，微微笑着，像是在回忆非常美好的事情，唇角的小梨涡若隐若现。他觉得怎么看她也不厌。

那碧青的田野迅速地往后面飞逝着，像是他们一去不返的青春。

初秋九月，天空明净。

大学生活是他们中学时难以想象的自由与美好，这让他觉得中学六年的苦总算没有白受，以前再辛苦也值得。最重要的是，他与她，能如此接近。

身在异地，同乡之间自然多了很多照应。大学课余时间丰富，他们一起游玩了这个江南水乡的很多古韵小镇。那水乡风情，烟波小舟，真有一种时间就此停驻的感觉。

他想，毕业后，他和她就留在这里不走了，多好。

他给她拍照。黄叶纷飞中，她在一泓碧水前扬起青春的面庞，笑得眯起了眼，肤色晶莹，是一种玲珑剔透的美。

他真想吻下去，可不敢。

就这样，他们拥有了很多愉快的回忆，可始终是好朋友。大学快毕业，他和她，还是好朋友。

他也不知道是为什么，明明自己是那样喜欢她，可就是说不出口。

直到有一天，她略带娇羞地告诉他，她刚刚接受了一个男孩的追求。他震惊：“你什么时候认识他的?”

她浅笑，梨涡里都是甜蜜：“就是这个学期出去实习的时候认识的呀。”

原来只有三个月，却胜过了他们的七年。

她接受另一个男孩的那天，他默默出去喝了一晚上的酒。

也许，有的人，就是缺少缘分吧。缘分真是一个奇妙的东西。

从此，每到深秋，黄叶纷飞的季节，他总会有一种疼痛而美丽的感觉。

青春真是最好的时候。因为就是在青春里，他遇到了她，从此把关于她的回忆细细珍藏到了灵魂深处。

从此青春透明如醇酒。

新月不再见

上大学时，他和她，是很好的朋友。

她是很活泼的女孩子，眼眸清亮，水汪汪的，像是有水流动一般，笑起来的时候，便如新月一般弯弯的。

他喜欢她的眼睛。

可是他不知道她是否也喜欢他。他只觉得，她看见他时眼眸便亮了起来。两人在一起，常常就是一起逛着街，即使是头碰头地在甜品店吃甜品，都有说不完的话。但她又好像一副似乎什么都不在意、什么都不在乎的样子。她总是说："我们可是好朋友，有了女朋友一定要告诉我啊。"

好朋友，真的只是好朋友吗？

他很想问她。

直到有一天，她忽然笑吟吟地蹦跳着过来，歪着头对他神秘地一笑，居然递了一封信给他！

他还没来得及欢喜，就听见她忍不住的清脆笑声："帅哥，你好受欢迎啊。我们寝室的小吟很喜欢你呢。"

他抬起头，看见她清清亮亮的眼眸，忽然心里空空落落的。原来，她是来看他的笑话吗？

他接过她手里的信，低着头说："好，请你跟小吟说一声，我也喜欢她。"

她微微愣了一愣，很快便笑着说："好啊，恭喜你啊。"

就这样，他阴差阳错地跟小吟在一起了。而他未曾料到的是，小吟对他的爱，竟是这般炙热，仿佛是融进了生命之中。而他，也不得不因为愧疚与感激，对小吟加倍地好起来。

小吟也生得美，身段盈盈，眉目含笑，是很招人喜欢的女孩。他开始和小吟认真地谈一段校园里纯美的恋爱。情侣经历的诸多浪漫经历，比如，一起拍大头贴，一起在图书馆自习，一起看电影，一起出去旅游……他们都经历过了。直到毕业后，他们将婚礼提上日程。

而她，大学四年，身畔也不缺追求者，但她一直没有恋爱。

他与小吟的婚礼上，她姗姗来迟，容颜微微憔悴，眼睛也有些红肿，盈盈如含满露珠。他有些走神，又想起了初次见面时，她清亮的眼眸。那时，那样晶亮的一双眸子，曾经点亮过他最初的青春。

她仍是笑着，举杯向他们庆祝，而她自己，却是浅尝辄止，仿佛满怀心事。

婚礼还没结束，她便匆匆离场了。

他望着她的身影，纤美如一枚风中的细长叶子。

他知道自己，是永远忘不了她的，他一直放在心上的，也是她。即使是小吟，也从未让他在每次遇见之时，有过像见到她一般的怦然心动的感觉。但是，他和她，再也没有在一起的机会了。

大学的时候，他曾经在书上读过一句话：你为之结婚生子的那个人，也许不会是你曾经深爱过的那个人。他以前不信，觉得爱了就要在一起啊，但后来他信了。

就像他和她，两个同样骄傲而自负的人，最终是走不到一起去的。

她当初帮小吟递那封信给他，是为了试探，他是否喜欢她。而他接受小吟的爱情，是为了考验，她是否喜欢他。年少的骄傲啊，都因为敏感而选择了自尊，而让爱情放任自流。那时又岂知，一放手便是一辈子，无法回归到曾经期待或憧憬的轨道，再也无法对上那双新月一般弯弯的笑眼。

很多东西，是不能去考验的。你的心知道是，那就是了。

而他，终于，和她，咫尺天涯，各自安好。

不过，也许这结局，也并不是不幸福的。

六月栀子

高中时，他与她是同桌。

她是个安静的女孩，眉眼也并不那么精致，但看起来极舒服。她很少笑，总是微微蹙着眉，若有所思的样子。

刚调换位子的时候，他很不习惯。转头一瞥之下，只见身边的女孩垂下头在静静看书，乌黑的刘海下是一双明净的眸子。他的心便忽然间安静下来。

那样的女孩，有一种莫名的叫人心安的力量。

而她又是如此让人熨帖舒服。他钢笔没水了，她便默默递过来一支；他忘了带书，她也默默把书推到课桌中间。依旧是波澜不惊的明澈眸子，他却闻到了淡淡的好闻的香味，就像是栀子花的清香。

放学后，他放慢脚步，走在校园里。

原来，六月了呀。小朵的栀子花，碧青的叶，风一吹来，满校园的郁香。

他心神俱醉。

第二天，她来到教室，刚放下书包，便轻轻“咦”了一声——课桌上，有一枝带着露水的新鲜栀子，芬芳四溢。

她的眼眸便倏然亮了起来。

年轻的女孩子，都是爱花的。

一整天，馥郁的清香在身畔浮动着。他都分不清，是栀子花的香味，还是她身上的香味。

她每天的晚自习走得很早。那天，他突然想知道，她的家在哪里。

他远远地跟在后面，看着她步履轻盈地走过一条小桥。月光淡淡地洒在她身上，他遥遥地看着她后颈上雪白的肤色和乌亮的短发，他觉得真美，真的很美。

终于看着她走进了小胡同。那条小胡同，很长，胡同里亮着晕黄的光。他远远地站定了，看着她纤瘦的背影，心里宁静而欢喜。

终于看她进了门，他默默地站了好一会儿，怅然若失。

晚上，他很早就睡下了。一想到等一觉醒来，就可以再看到她，真好。

从这天起，他加快了做题的速度，因为要远远地送她回家，再折回自家，真是一条不短的路。可是，他走得多幸福啊，步步如踩在琴键之上，宛转出牧歌般柔和清亮的曲子。

他有很多问题想问她，比如说，为什么不多笑笑，为什么回去那么早，还有……你觉得，我怎么样?

但是他不敢问。万一没问好，她生气了……就这样，每天能看到她，也很好。

毕业纪念册上，他给她写了很长一段话，其中有一句："我很希望能和你上同一所大学。"

她微微一怔，然后看着他，轻轻笑了笑——她居然对他笑了。

他一下子呆住了，只是不断后悔，真应该在毕业纪念册上加上一句："我喜欢你的笑容。"

而世上很多事情都是不遂人愿的。他和她分数差距有点远，两人一南一北，去了不同的大学。

北方明净的天空下，他经常想起她。他记得她的生日，每一年的这一天他都会发个信息给她，她亦会回一个——他和她的生日在同一月。

想起她，他就觉得温暖，内心的某个地方仿佛被温暖地慰藉了。

是太在乎了吗？一走近，就怕失去，于是，宁愿这么远远守望着。

就这样，一年又一年过去了。直到有一天，毕业后工作多年的他，接到了她的婚礼邀请函。

他说不出心里的感觉。

他没有去。

只是独自一人回了母校。正值六月，栀子花开得正好，这正是他们当初离别的季节。

他慢慢徜徉在这花香之中。

他发现他从未曾真正走近她、了解她，昔日那些未曾解开的谜团，也永远失去了风中的密码。

她终于只能成为他心中的一个梦，一个朦胧的、浸着栀子花香的梦。这梦太美好，他舍不得醒来，可终究是要醒的。

晚上，他便坐上了北归的火车。

手上的矿泉水瓶子里，插着一枝带着碧青叶子的雪白栀子。

茉莉花茶的寂寞

她喜欢喝茉莉花茶，清清淡淡的香气氤氲着。

大学里，她也一直是一个安静的人。寝室同学喝着色彩缤纷的甜美果汁，或者略带苦涩的小资咖啡之时，她仍然是笑吟吟地端着一玻璃杯的茉莉花茶，茶叶在沸水中沉沉浮浮。

他和她在同一个社团。有一次，去外面聚餐，大家都叫了啤酒或果汁，就她一个人，偏生点了茉莉花茶。

她喝一口茶，便舒服地眯起眼来，像是在太阳下悠闲打盹的猫咪。一杯茶也能让人这么幸福吗？

他觉得好奇。

一群人的喧闹声中，她不发评论，只静静听着，然后微笑。那笑容，淡淡的，很耐看，也正如一缕氤氲开来的茉莉花香。

他从此记住了她。

但她总是过于安静，生活也简单，图书馆、教室、宿舍三点一线，顶多参加一下他所在的这个社团活动，然后在草地上看看书。这个社团，名曰演讲协会，人人都能侃，偏她一人默不作声，只是静静地忙碌着。她似乎安于，也乐于自己被忽视的现状，不想引起任何人的注意。

那她为何，要进这个社团呢？

有一次，他去她寝室小坐。见她桌上，有一株玲珑秀丽的绿色植物。他只觉清雅，问她，她笑说，是茉莉花。

原来茉莉花茶便是将茶叶和茉莉鲜花进行揉和、窨制，使茶叶吸收花香而成的。茶香与茉莉花香融合，交织成极雅致清淡的香气。她家在江南的一个小城里，青石板街旁，种了许多绿叶白花，幽幽的茉莉花香让盛夏也多了一丝清凉。

在大学里，她便自己把茉莉晒干，自制茉莉花茶。喝上一口，仿佛就回到了江南的家乡。

他也忍不住微笑起来，心里倏尔宛转了一丝清凉的香。

真喜欢这淡淡的女孩，古典的心思。

他起身离开的时候，她要送，他忙说不用。她果然停步了。

他心里怅然若失。忽然她室友小黛活泼泼地走出来：“刚刚听你们说得我很感兴趣啊，我想问问你们协会的事情，一边走一边说，不介意吧。”

他愣了一愣，只得说好。

就这么，他认识了小黛。小黛是活泼生动的女孩子，很快，那女孩子的美丽与热情征服了他。他们恋爱了。

再到她寝室去，便是以家属的身份了。她只是呆了呆，而后便如往常一样微笑了。

他再来时，她总是抱着书出去，说不做电灯泡。只留下桌上一株茉莉花，静静地香。他这才发现，茉莉花不知道什么时候开了，雪白的小朵茉莉，像极了她。

后来，渐渐地，越来越少见她，她从社团里退了，小黛加入社团接替了她的位置。问小黛，小黛便笑，说她也恋爱了。他心里忽然闷闷的，好像少了点什么。

但他和小黛不知为何，总是有种格格不入的感觉，吵架越来越多，他只觉得累。直到有一天晚上，他梦见她，捧着一株白色茉莉，淡淡地笑。醒来后，他忽然省悟，也许，太过年轻的自己，并不知道，自己真正喜欢的，是谁。

顿时，心痛如绞。

他与小黛分了手。和她们寝室，也不再联系。

大四，毕业前的跳蚤市场上，他的摊位前，忽然站了一个清秀的女孩——是她，正对着他，微微地笑。

她送了他一罐茉莉花茶，微笑着对他说，慢慢喝。

他点点头，欲言又止。只是目送着她的背影，渐渐消失在人群之中。

那罐茉莉花茶，从此便被他珍藏起来，像珍藏起某段隐秘的心事。

又过了很久，他结婚了，生了一个可爱的儿子。年轻时风花雪月的往事，几乎遗忘殆尽了。

有一天，调皮捣蛋的儿子翻他抽屉，将他的相册、毕业证都翻得乱七八糟的。还有那罐茉莉花茶，居然被小家伙打开，茶叶撒了满地。他忙忙地跑来打扫。那弥了满室的熟悉清香让他微微一怔，有久远的清凉记忆，似乎在瞬间被唤醒。

他怅然若失地拾起那个茶罐，忽然间呆了一呆。他看见茶罐里居然还有一张白色纸条。

他取出那张纸条，心忽然怦怦跳了起来，紧张而又期待，仿佛时光倒流，他回到了年轻的时候，回到了他第一次见到她怦然心动的时候。

那纸条上面写着："只因在人群中多看了你一眼，再也没能忘掉你容颜。"背后则是一个电话号码。

他整个人都石化了。

为何，自己毕业后，从未拿出这罐茉莉花茶看看呢？

而此刻的身畔，静静浮动着的，是那寂寞而清凉的，茉莉花茶的清香。

晨光下的植物

他和她的家距离很近，这让偶然发现的他心里好一阵雀跃。

她是生得很秀丽的女孩儿，却有着清清冷冷的性格，不爱说话。他在高中的班上，一个学期下来，也没能跟她说上几句话。

可是不知道为什么，他总是喜欢看她。

也许是那一天的黄昏，大家都忙着收拾东西吵吵闹闹地回家去，唯独她一个人还在静静地伏在桌上写字。夕阳曼妙的光线浸着她的侧脸，像一幅十九世纪浪漫主义画家的油画。

或许没有人注意到这个场景之美，包括她自己。而他，却牢牢记住了，并把这幅画，沉淀到了灵魂深处。

每天，他很早起床，披一身的晨光悄悄站在她家楼下，默默等着。她必然会先出现在阳台，用一个绿色的小喷壶浇灌着阳台上的植物——那么多葱茏碧绿的植物。

然后，她便出现在楼下，背着一个白色的双肩书包，安安静静地向学校走去。

他便静静地跟在后面走着，保持着不近不远的距离。她的长发是带点自然卷曲的，海藻般披在她的肩膀上。朝阳照在她的头发上，有一层朦胧的温暖的光晕。朝阳中的她和黄昏中的她，都和平常的她不一样，像是一个来自于童话中的精灵。

他就这么静静地看着，静静地走着，觉得真是幸福。

他总想着，毕业遥遥无期，还来得及告诉她他的心意。可是一直到毕业，他都没能找到一个合适的时间、合适的地点，来对她讲出，合适的话。而两个人擅长的专业又那么不一样，她擅长语言，而他擅长物理。于是，她考上了北京的一家外国语学院，而他考上了浙江一所名校的物理专业。

时间不经意间又滑过了一大段。偶尔，他会想起她，像是想起一段旧旋律，亲切而又温暖，还有淡淡的惆怅。

直到多年之后，女朋友看到了杂志上的一篇文章，念给他听。原来是一个女孩儿，知道班上的一个男生喜欢她，每天都会悄悄地跟在她身后一起去上学，她心里明白这男孩儿的心意，她对他也有着某种朦胧的好感，一直都在期待着他告白。于是，清晨上学之路，便成了她一天中最幸福的时光，满怀着微妙的憧憬。但是男孩儿一直到毕业，也没有表白过。初上大学的时候，她也觉得遗憾。可是后来想想，不说破更好，就像是永远留下了青橄榄一般悠长的余味，是青春时最美好的回忆。

女友念完，感叹道：“这男生真是的，为什么不说呢？”

他心里却微微一动，是她吗？

但他却并没有再去看那位作者的名字。每个人的青春，都会有相似的情怀，也许，年年都会有相同的故事上演着。那作者是她，抑或不是她，又有什么要紧？重要的是，那年少时每一天伴她走过的清晨，沉淀在岁月的深处，是一想起来便温暖整个人生的回忆。

感谢那是你，路过我青春。

如果没有爱过

她有时还会常常想起他，大学时他们真是顶快活的一对。

那时，他们还很年轻，她仰着一张百合花般皎洁的脸，而他有着青草般清润的气息。

怎么认识的呢，忘了。好像最初是在图书馆里的一次偶然邂逅，他捡起她掉落的图书卡，于是他急急地叫她：“同学……”

她不经意地一回眸，浅绿色衣衫的少女，皎洁如百合花般的脸，眸子明澈似月下的湖泊。一瞬间，他似乎预感到了什么。

就这样，和每一份校园恋情一样，他们拥有着晨曦与落日，拥有着骑着自行车徜徉在校园里的林荫道的美丽时光。

一天，在黄昏的微风中，他俩坐在山上看夕阳。是她突发奇想要去的，他想都没想便答应了。他没告诉她，他为了陪她，足足逃了两节课。而这是作为特优生的他，在大学里唯一的一次逃课。

那山不高，但他们也爬了很久。她很兴奋，一边说双腿酸痛，一边蹦蹦跳跳的，他便看着她笑。他喜欢她这么活力四射、无忧无虑的可爱模样。

那天的落日，他想他一辈子都不会忘记。那鸭蛋黄一般明丽的落日缓缓消失在青碧色的远方山峦中，而身边的夜色忽然潮水般涌来，仿佛伸手可掬。她看着远方，满眼的惊艳与欢喜。那黄昏的风，吹乱了她的长发，吹到他脸上，酥酥的痒——他是第一次知道，原来，“痒”还有如此美妙的感觉。

他禁不住伸出手，温柔地理顺好她额前的乱发，她转过头看他，笑容漫开。最晶莹的湖泊是什么样子，此刻他看到了。

就这么淡淡地，淡淡地。每天一起上自习，下自习时他送她到宿舍门口。在食堂一起吃饭，他细心剥开一枚茶叶蛋，放到她的餐盘里。在她忘记吃早餐的某个早晨，他的书包里总是不忘放上一个黑森林蛋糕。而她也渐渐爱上浅绿色的薄荷糖，这薄荷糖的清凉芬芳，像足了他身上好闻的气息。

很快，秋去冬来，是冰雪季节了。

他牵着她的手，去图书馆自习。那古老图书馆的老红墙上攀缘着的爬山虎叶茎上也落满了白雪，像是清妙的花纹。

图书馆前，她忽然仰起头，轻轻地笑道：“还记得吗，我们的第一次见面?”

他微笑着点头，怎么会不记得?那一瞬间的惊艳与心动，仿佛世界敞开了另一扇门，有绮丽瑰光，从那门中射进。

“我就是那个时候，爱上你的。”他凝视着她的眼睛。

她眼中忽然闪现一缕光芒，如漫过星光。在他再次开口之前，她忽然踮起脚，轻柔地，吻上他的唇。

他微微一愣，轻轻拥住了她。

冰天雪地里，围着格子围巾的男孩拥吻着戴着兔绒帽的女孩，这实在是极漂亮的一幅画。连路人也不忍心惊扰。

如果，就这么相拥着，直到地老天荒，多好。

可是没有谁料得到以后，当校园遭遇社会，纯净邂逅现实，异地工作，不得不面临分离，美好终究只成了过往的记忆。

很多年过去了。当年的少男与少女，都已沧海桑田。她百合花般皎洁的脸憔悴了，而他，定也不再有年轻时那种薄荷般清凉的气息了吧。

但她，还是会在某一个夕阳闪烁的黄昏，某一个大雪纷飞的早晨，偶尔想起他。

作家叶倾城说过，年少不过是用青春来爱青春，谁用真心来爱过真心呢?

如果那天，在图书馆路过的少年不是他，她，还会爱上他吗?

谁知道这命运的安排?

但每次想起他的时候，她的心，为何如此温柔地痛呢？

有首歌里曾经唱过：如果没有爱过，没有遇见过某道伤口，而生命，将会有多寂寞。

星星是遥远的淡黄色的灯

高三文理分班。他早早来到学校，却未料同桌女孩比他更早到了。

他坐了下来，女孩转过头，看见是他，便微微一笑，算是打过招呼。

她其实是生得很平常的女孩，但是笑起来非常好看，像是一朵香水百合突然绽放，有丝丝的甜蜜浸染开来。

他无法拒绝那样的笑容。

那天晚上，是他懂事以来的第一个无眠之夜。高考都未曾让他这样茫然无措过。

她真的非常喜欢笑，不管什么时候，她总是笑着的。

他们班和邻班打篮球友谊赛，女生们可着劲儿当啦啦队加油，不过男生们还是很遗憾地败北了。女生们也垂头丧气地回去了。他正沮丧间，忽然一瓶矿泉水被递到他面前。

抬头一看是她的脸，笑意盈盈："别泄气，已经很棒了。"

她明明那样爱笑，可是却让人觉得亲切却无法亲近。她没有进班级的QQ群，没有加任何微信群，集体活动也参加得并不多。她仿佛疏离于人群之外。

隐约听到她的情况。原来，她很小的时候父母就离异了。母亲抛下年幼的她，独自一人去了欧洲。或许是缺乏亲情的缘故，她本能地把自己隐藏得很深。是因为害怕失去，所以拒绝了一切接近吗，包括，作为同桌的他？

有一天下了晚自习，他们恰好一起出来。披着一身的星光，星子已经在天空上漫成长河了。

那样的星空，真的很美。

她也仰头看着那星空，忽然轻轻说了一句："星星是遥远的淡黄色的灯。"

他不明所以地看着她。

她又笑了，笑声很清脆："是陈丹燕书里写的。"

她与他聊起陈丹燕的书，他没看过这本书，但是他喜欢她谈起这位作家的书时脸上瞬间流光溢彩、神采飞扬的笑容。

她说起陈丹燕书中描述的欧洲，那样风光旖旎，而且韵味悠长。聊着聊着，她忽然站住，转脸看他，很郑重地说："我以后一定要去欧洲，一定！"

她微笑着，可脸上的表情，很坚定。淡淡的星光照在她脸上，有一种朦胧的清丽。这让他有片刻的恍惚，仿佛，她离他，很遥远。

这一个星空之夜，在很多年以后他再想起来，觉得弥足珍贵。

高中毕业后，她真的考去了欧洲的大学，去了一个有郁金香和风车的国度。她和任何人都不再联系，他有心打听了多次，都没打听到。

他常常会想起她。尤其在天气很好，星光湛然的夜晚，在每一阵微风轻轻拂过的时候，他想起初遇时她香水百合一般甜美的笑容。

也许她已经有了很好的男孩子在身边。但不管怎么样，她会是他整个十七岁，最亲切的回忆。

无论什么时候，他都会在心里，为她留一盏灯，即使，他知道，她永远不会回来了。

黑色毛衣

是不是中学的同桌最容易产生一些淡淡的故事呢？他不知道。他中学六年刚好有六个同桌，却只有高三时的同桌是个女孩子。

她是个安静的女孩子。

还是个爱穿黑色衣服的短发女孩子。

夏天，黑色T恤，秋天，黑色毛衣，都是不同款式的沉静的黑。可是她肤色皎洁，穿黑色的倒也水灵灵的好看。

问她，她便说：“我妈说了，高三了，穿简单点，能安心学习。”他哑然失笑，指着她的短发说：“这也是为了学习吗?”她伸手摸了摸比男孩子还短的头发，笑了笑说：“一直是短发呢，我妈说了，短发好打理，省出时间学习啊。”

真是败给她了。他故意笑呵呵地说：“女孩子，短发不好看，长发才好看呢。”

她不说话了，只是又笑了笑。她笑起来很好看，双颊旋起一对小小的梨涡。

他忽然有点后悔。其实，她短发并不难看呀，有那么一种清秀灵动的感觉。但他不知道自己为何要那么说。

不过，高三哪有那么多时间想事情。书山题海，奋战终日，看书做题到昏天黑地之时，看见穿着黑色毛衣的她低头蹙眉，侧面优美，心里就觉得轻松舒服好多。

做题累了，他们也聊天。他问她：“想考哪所大学啊?”

她仰着头，手托着腮，憧憬说：“想考哈工大，我喜欢北方，喜欢那里的风情，用冰雕出来的世界，好奇妙。”末了又笑眯眯地问他：“你呢?”

他脱口而出：“我想考厦门大学。”看着她微微惊讶的样子，他说：“哈工大不错啊，那里真是冰天雪地的浪漫。下次去哈尔滨，我去找你啊。”

她若有所思地点点头，不说话了。

他其实是很想她能跟他填一所大学的。不知道为何，年少时总是口是心非，他还是没说出口，而她又总是太实诚。

高考完，他查分数，居然超水平发挥，考上了厦门大学，那正是他曾梦想的那种地方，面朝大海，春暖花开。

他赶紧去学校，正好在教学楼下看到了她的背影，他叫她的名字。

她回过头来，向他粲然而笑："我也考上了！"自然是哈工大。

她独自一人站在风里，一件低领黑色 T 恤，乌发盘了个小花苞，露出她雪白修长的脖颈，身后是教学楼的老红墙。高三一年，她没有再剪头发，头发真的是留长了。他仿佛第一次发现，她也是如此好看的女孩，明眸皓齿，身上似有耀眼光芒，让人看了，心里莫名的有一种微醺的醉感。

两人半晌没有说话，沿着长长的林荫道慢慢地向校门口走去。冷风吹过来，落叶簌簌，坠了满地的金黄。踩上去，轻微的脆响。

他心里从来没有这样急切的期盼，期盼这林荫道长一点，再长一点。最好永远没有尽头，就让他和她这么一直走下去，直到地老天荒。

却始终是要走到门口的。望着门外喧嚣的人流，她忽然问他：“好看吗?”

他怔了一下，她伸手掠了下额边的头发，笑道：“你说女孩子短发不好看，长发才好看，我才留长了。”

她淡淡地说了那一句，在他听来，却不啻于晴天霹雳。

难道，她也……

他还没来得及说话，她忽然又笑了笑，说：“下次你看冰雕，可别忘了到哈尔滨来找我!”她对他扬了扬手，转身便离去了。

他看着她的背影渐渐消失在人流之中，他却站在当地，半天没有动。

上一刻的欢喜，忽然被别离的惆怅给冲淡了。他回去独自待在书房，静静看着同学录上她秀丽的字迹，一遍又一遍，足足看了两个小时。

他不知道自己是怎么了。为何，她能离去得如此潇洒?

大学期间，他没有去过哈尔滨，他很享受厦门的种种。厦门亚热带风情，明丽生动，厦门的女孩子也是热情如火的。可是她总是那么心事如大海。他不懂她，他不知道，她是不是真的喜欢他。

可是他是在意她的。他在海边看着落日晚霞，在霞光中想起她来，便弯下腰去捡那海滩上的贝壳。拣了满满的一书包，他把贝壳寄给她。

她很快回信了，说那贝壳真美，她把它放到床头，可以听到大海的潮汐之声。

信里还附了自己的一张照片。大学里女孩真的大变样了，她真的可以说是个美女了，明眸皓齿地笑。她还是喜欢穿着黑色毛衣，可是系了橘色的围巾，那样温暖的颜色，马上把他的视线点亮。

他要回信时，却又踌躇了。她在信里写，什么时候，来哈尔滨看我？

总觉得自己还没到见她的时候。在面对她的时候，总会有小小的紧张。是不是在面对挚爱的时候，人总是太过在乎，手足无措，结果，反而错过了很多呢？

他是，也许她也是。

后来，通信便越来越少。

直到有一天，他和往常一样小心翼翼地打开她的信笺。里面滑出一张照片，他拾起来，看到照片上，便是她和另一个俊眉朗目的男生站在冰雕前，她笑得很温暖，亲切得一如初见。

他没有去看冰雕，终究是有人陪她去看了。

他静静地站了一会儿，默然无言。

电脑音乐盒里正循环播放着周杰伦的《黑色毛衣》：一件黑

色毛衣，两个人的回忆，雨过之后，更难忘记，忘记我还爱你。

他心中忽然涨满了甜蜜的悲伤。他确认，在那些无邪而甜美的岁月里，他曾真的喜欢过她。只是，胆小如他，始终不敢迈出第一步，让矜持的女生，失去了等待的理由。

那电脑里的歌还在缓缓唱着：
我知道不能再留住你，也知道不能没有骨气。
感激你，让我拥有秋天的美丽。

远方有更美风景

高中时，坐她前面的，是一个热爱科幻小说的男生。

他很活跃，常常跟她说科幻小说中的种种故事，有时还画一些宇宙飞船，虽然画风总是幼稚得让她忍俊不禁。

因为单亲家庭的缘故，她比一般女孩更显得孤僻和安静。因此，他对她格外关心，而她对他也并没有对其他同学那样的疏远。

一天，放学下晚自习后，她正走在路上，看到操场上他独自坐着，仰望星空。她不由得走过去，问："不回去吗？"

他却仰着头，赞叹着：“你看，多美!”

她仰头，望见天空那点点的光明，望久了，仿佛感觉地球在寰宇之中缓缓地转动。

心里只感到安宁和轻松。能这么和他静静发着呆，感觉真好。好像远离了学校和考试，感觉自己和整个宇宙在一起。而自己又那么渺小，宇宙那么浩瀚，所有的烦恼都不是烦恼，只有无可言说的博大与深邃。

他仰望着天空，很认真地说：“我以后一定要读天体物理!”

天体物理？是研究什么的呢？

她不明所以，但是牢牢记住了这个名词。

高考，她也考取了天体物理专业。和他同一个专业，可惜不是同一个学校。他发挥失利，调剂去了另一个高校。

但是，她也很满足，因为在心灵上，她终于离他更近了。

她很喜欢这个学校。古老的校园，参天的大树，青灰色的教学楼，大片的茵茵草坪，郁郁葱葱的林荫道，早春时弥漫着大地湿冷芬芳的气息。好像是来到了少年时看过的那部宫崎骏的电影里。

唯一不喜欢的，是这校园里，没有他。

她把所有的空闲时间都花费在了图书馆里。她研究着地球的旋转与风的形成，因为那曾是他所感兴趣的。

夜晚，她闭上眼睛，脑海中便开始浮现他的影子，他温暖的笑容。心里便充实而温柔。就这么沉沉睡去，直到，梦见了他。

有人说，梦中见到的那个人，在醒来后就去找他吧。她却不敢。

告诉他，又会怎样？如果，他不喜欢她，那以后该怎么面对他？与失去他相比，她宁愿不去奢侈地争取得到他。

她只是更加用功地学习。终于，心血与汗水浇开了成功之花，她终于拿到全奖，去英国的一所著名大学读研。

她收拾着行李，决定读完研之后继续读博，然后回到母校沉下心来做科研。

浮生愿向书丛老。没有他，就在漫天的星光与满屋的书籍中静静老去吧。

她没有打电话告诉他她的离开。因为，就在拿到 offer 的前几天，她从朋友圈上看到了他与新女友的合照。

奇怪，虽然有些惆怅，心情却也不显得那么沉重了。

那些单纯、自在的，彼此望一眼心里都是满满的日子，笑容都是晶莹的。是青春时他所曾给予的那些满心的疼爱，以及安静的校园氛围，给了她很大的灵感与肯定，让她觉得，她可以一直温暖美好下去。

她决定向远方走去。那里，会有更美风景。

温暖如初恋

如果一个人的友情漫长温暖得如同初恋，是不是，也是件很奇怪的事情?

她的大学是在武汉一个飘满樱花的浪漫校园里度过的。那时才大一，她每天很早就起来跑步。太阳还没出来，东方已浸润着橘红色的温暖光芒，而头顶的天空，则是玉石一般的温润。

忽然走过来一个男生，脸红红地对她说："同学，你长得好像我认识的一个人。"

于是，他们就这么认识了。后来总是能遇到他，食堂里，开水房里，林荫道上……当时并不知道他为这些巧遇所花费的心思，只是单纯地觉得，嗯，真巧，真是巧啊。

熟悉了之后，有一天，他走过来，微笑着说："可以把你的电话号码给我吗?"她从来没见过一个男孩子脸可以红成那样子。

晚上，便接到了他的电话："一起去上自习，好不?"

更熟悉了之后，觉得他是很认真努力的男生。大一，大家还保持着高中时乖学生的好习惯，于是就一起上自习了。他就坐在她身边不远的地方。教室里很安静，大家都沉浸在书本之中。偶尔转头，见他在那里，心里便觉得安宁熨帖。

有一天晚上，她不知怎么的，因为不饿就没有吃晚饭。上自习的时候，他出去了一会儿，当时并未在意。可是下晚自习回去的路上，他忽然从包里取出来一个新鲜面包和一瓶牛奶，递了过来，微微笑着，眼睛亮晶晶的。顿时，路灯的橙色光线跟他明亮的眼睛相比，也黯然失色。

她心中忽然动了一丝温柔，像风吹过蔷薇的香。

就这样，平平淡淡地过了四年。她忙着兼职，他忙着学业，都没有恋爱。毕业后，他去了上海读研，而她留在武汉工作。

工作一年后，她存了一笔钱，便出来旅游。想着上海同学多，就先来上海玩。

可是居然没有一个同学说有时间来接，有的说忙于工作，有的说正在考试，仍然只有他，一接到电话，便毫不犹豫地说：“好，你路上小心。”

她买的是卧铺，一夜过去，便到了上海车站。出站口处，他早已经等在那里了，兴奋地向她招手。手上，依旧是新鲜面包与一瓶牛奶——他连早餐都买好了。一时间，她有时光倒流之感，仿佛还在大学校园，那个刚下自习的男孩子，在温柔的橙色路灯下，向她伸出手来。

他陪她在上海玩了两天，仿佛他在上海，就是等着她过来玩似的。而在他频繁的电话中，她知道他正在做一个科研项目，又明白他是视时如金的人，就催着他回去，她一个人也可以玩得很好。他只是笑笑，摇头："我不放心。"

仿佛觉得这样，知道有一个人总在那里，不疾不徐，不远不近，心中安定，亦无他愿。想起来就温暖。

直到有一天，接到他的电话："如果，我有女朋友了，你会祝福我吗?"

她怔了，半天说不出话来。

待反应过来后，匆匆说了一句："我会的，我会第一个祝福你。"

自己在心底说，不过是朋友啊，他谈恋爱了自然要祝福啊，这又没什么大不了。可是挂上电话，一摸脸，才发现已经泪流满面了。

当天晚上，她彻夜无眠。脑海中如同放电影一般，一幕一幕地闪现他们大学里一起上自习的画面：她高数学得头痛时，他不动声色地把高数中所有公式工整地写在笔记本上，悄悄递给她；冬日里他的背包里总是多放了一件衣服，用来给她遮寒；她咳嗽一声，在送她回寝室的路上，他便递过一瓶早已准备好的感冒药……

在那个时候，由始至终，她都没有明白自己到底要什么。但后来才渐渐明了。她要的，不过就是爱、温暖和力量。而其实这些，他都有。在这世上，他曾经是对她最好、最在乎她的人，也是真正了解她脆弱之处的人。只是，年轻的她，不懂得如何对一个人好，也不知道如何感知一个人的好。

她恍惚了。

到最后，她已经分不清，这究竟是友情，还是错过的爱情。

记得一朵笑容

一个人喜欢上另一个人，有时真的很简单，或许只是因为黄昏时的一个微笑而已。

他喜欢上她，就是这么简单。

那是高三时的一个黄昏，刚放学，大家都喧闹嬉笑着收拾书包。而他不经意地一个回头，看到了教室角落里的那个短发干净的女孩。她唇角含笑，正伸出手来，去接住一缕从教室后门那里漏出的橘汁般浓稠鲜丽的夕阳，逆光看来，她的笑容晶莹剔透。

他感到心忽然跳得厉害。

虽然交流很少，但他不是不认识她。同学已经两年多了，可是，仿佛是第一次见识到，她的美，第一次有一种想把那朵笑容采摘下来细细收藏的欲望。

高三，基本上都是沉默而奋斗的青春。只是，他回头的频率高了很多。角落里的那朵笑容，在每一个黄昏，都让他快乐，而又有些许的慌乱。而思念，开始沉淀如酒。原来喜欢上一个人是这么幸福的一件事。回家的路途中，他满心愉悦，仿佛黄昏瑰丽的光线中都开满了花。

他写好了一封信，终究是没投放出去。高三了，何必扰乱人家的心思。他把那封信悄悄地塞进抽屉的最底层。他想，有一天，他一定会拿给她的。

填写志愿时，他打听到了她所报的大学，填了一模一样的学校，一模一样的志愿。

开学之时，她偶遇到他，忍不住欢欣鼓舞，他乡遇故人。他只是微笑，只有他知道，这不是偶然。

同校同系，自然见面的机会很多。而大学是这么的自由自在，与高中时的压抑相比，不啻于天堂。

她变得更开心、更爱笑，变得更美丽，仿佛通身都散放着光芒。自然，他也更爱她。

总想着，有一天，把那封信，亲手送到她手里，却总是不敢，总觉得还少了一点什么。有一次他甚至已经攥着那封信站到了她面前，话到了嘴边，却改变了主题。任凭信封在手心里，被攥得汗津津的。

她开始有人追，漂亮的女孩总不乏人追。他看着她浅笑薄嗔，牵起另一个男孩的手。心里，忽然如针扎一般痛。

只是，她的恋情总不顺利。每一段恋情的结束，她都会泪水涟涟地站在他宿舍的楼下。他接到她的电话后第一时间跑下楼来，见她如受伤的小兽蜷缩在冬青树下，忍不住叹了口气，让个肩膀给她，让她伏在肩上放声大哭。

他忽然很害怕，害怕有一天她的眼泪是为他而流。如果是这样的话，他怎么能原谅自己。如果……她真能在他身边的话，他会发誓，不让她流一滴眼泪。而现在，他看着自己摊开的双手，他能做到吗?

第二天，她又神采焕发，好像什么事情都没发生过。

毕业倏忽而至。黄昏中，她笑容满面地跑过来要和他一起照毕业照，他似乎看到了原野上漫地盛开的绚烂鲜花。

在这四年里，除了学业，他最大的收获，就是她那么多次，对他绽放的笑容。这是他一生的财富。

毕业散伙饭上，她喝得很醉，他送她回宿舍。她忽然抱住他，眼神晶亮，吐气如兰，笑容比以往任何时候都妩媚："做我男朋友，好不好?"

他整个人都呆住了。他无数次地想象过，有一天，她的目光会落在他身上，但是，没想过是这样一个场景。他分不清她是清醒的还是昏醉的，如果是清醒的话，白天那么多的时间，她为什么不说？陪在她身边那么久，他想她应该明白的，只要她一个眼神，他就会竭尽全力，跟她在一起。

第二天，她又什么事都没发生一般，笑嘻嘻地来找他，试探着说："我昨天没说什么吧，喝醉了，我常乱说话呢。"

他笑笑，说："没说什么。"

有一个瞬间，他看到她眸子里的光芒似乎黯淡了一下，不知道是不是自己的错觉。

又能怎么办呢？他想他会等的。他这次工作的公司，仍然选择了她签约的那所。

进了公司，不到一年，活泼漂亮的她又得到了另一个男孩的青睐。于是，她又有男朋友了。下班的时候，遇到了，她笑吟吟地介绍给他。

徐徐涌起的余晖中，她的笑容一美如斯。他看了看，是很温和踏实的男子，是很多女孩子所梦寐以求的那种结婚对象。

他微笑。

第二天，他便递上辞呈。

他想，是时候把她永存心底了。她曾是他的整个青春，而以后，也会是他最好的回忆。

她到底是不是爱过他，他不确定。但是，两人之间，总是少了点什么。明明那么接近，却总也走不到一起去。

也许，就是少了恋人的缘分吧。

这世间的事情，谁能说清其中的因缘呢？

夏日的一缕清凉

晓枫第一次看到那个男生的时候，心里浮现出来的一个词，居然是“清凉”。

正是暑热难当的时候，十七岁的晓枫在长沙一家书店打工。小书店没有开空调，只有电风扇缓缓地一遍一遍摇头。吹出来的风都是热的。晓枫懒懒地趴在台子上，翻着一本书。

这样的热天，学生们大多躲在甜品店，谁会来看书呢？汗津津的好难受。

她刚这么想，一个穿着白色衬衫的男孩，走了进来。

他居然气定神闲，并没有被晒得跳脚的焦躁。他慢慢地在书架前浏览着。尔后，抽出一本书，慢慢地看了起来。

他神情很安静，仿佛连周边的空气也安静了下来。只有电风扇的风，轻轻一波一波地荡到他的身边，然后仿佛以他为中心，有小小的风之涟漪，自空气中，悄然地荡漾开来。

晓枫忽然觉得，没那么热了。

那男孩过来拿书付账的时候，晓枫忍不住问了一句：“你就不热吗?”男孩儿一怔，笑了：“心静自然凉。”那样洁白整齐的牙齿，像是喝山泉水长大的一样。

晓枫觉得，心里也似漫过一缕深山中的泉水，霎时清凉舒爽。

这男孩儿，她不是没有见过，是邻班的男生。可却从来不知道，他有这样安宁而又耀眼的一面。

暑假很快结束。这次开学，他们就高三了，传说中的魔鬼年代。

晓枫每天都坐公车上学。九月的一天，她起晚了，匆匆忙忙赶上了车。

在车上，居然遇见了白衬衫男孩。他向她微笑一下，算是打过招呼。晓枫的双颊，居然发烫了。她知道脸一定很红，赶忙转过了头。

车上人很多，随着颠簸，晓枫在车中被挤得摇摇晃晃。司机一个急刹车，晓枫站立不稳一下子向前冲去，差点摔倒在地。

他就站在她旁边，赶紧拉住她的手。她只觉他掌心的温暖在瞬间酥麻到她心底来，如触电一般，她忙松开他的手，低头说了声“谢谢”。他轻声说：“你拉住我衣服这里，趁手些。”

她从未在公共场所和男生有近距离接触，脸上微微一红。而他神情温柔沉静，目光中含着浅浅的微笑。她无法拒绝，也不想拒绝。

她终究是伸出手，拉住了他的衣角。只觉得心里也有一种说不出来的感觉轻轻漾过。

晓枫从此有意晚点上车了，只为与男孩同步上学。但是很少在公车上遇到他。毕竟，这一趟公车有很多趟。

下课的时候，她也常常走到走廊里悄悄看隔壁班的教室。他或是在给同学讲习题，或是在窗边静看风景——他总是很安静，清凉得像深山里一脉潺潺流动的泉水。

她曾经想过无数次和他邂逅，放学后，课间时，班级间的友谊赛时，书店里买书付账时，他的目光再一次轻轻看向她，那一簇清凉如月光，如山泉的目光。却因为高三紧张的学习生活，再也没有过单独邂逅的机会。

只是那一年，晓枫的日记本上，写满了那个男孩的名字。

后来呢？

没有后来了。男孩和她，考上不同大学的不同专业，高中又不在同一个班，再无联系，再没见面。

有些故事，还没开始，就结束了。那些心情，丢在风里，已难辨真假。

但她总记得，有那么一个男孩，在盛夏暑天里，那样浅浅的笑，像是一脉山泉，霎时让人清凉舒爽。

从此，再也没有一个人，给过她这样的感受。

不过，有些人哪怕不属于自己，也希望遇见。就像这夏日的一缕清凉，永远萦绕在十七岁少女的记忆中。

柠檬茶

大学时，他喜欢上了她，源于一杯柠檬茶。

她喜欢喝柠檬茶。她在教室上自习时总带着一个透明水杯，水杯中总浮起一枚圆圆薄薄的小柠檬片。

他禁不住问她："就这样喝吗？"她笑道："就这样喝呀，怎么啦？"

他只是笑。见多了女孩子喝的色彩缤纷的浓艳果汁，就算是柠檬茶，也必然加上清甜蜂蜜。像她这么清清淡淡的喝法倒是少见的。他不由得觉得，嗯，她有点特别……

他也说不清是哪一天忽然对她心动的，或许是有一天黄昏的时候，她举起水杯喝着柠檬茶，眼睛微微眯起，唇角泛起淡淡笑容，心满意足的表情，像是沉浸在某个令人沉醉的场景中……那张浸在瑰美光线中的少女的脸，实在美得令人想吻上去。

人总是会被美好的事物所打动的，特别是年轻的时候。

他也不例外。

后来，他喝了一口她杯中的柠檬茶。微酸袅袅，有清新明净的感觉，如早春的风，扑面吹来。

他从此也爱上了柠檬茶。

他渐渐地觉得，她也像一杯柠檬茶，淡淡的，静静的，或有意想不到的俏皮举动，便如柠檬中宛转的一缕酸味，生动。

比如，在他上自习的时候，她喜欢从背后蹑手蹑脚地走过来，猛然间轻柔地捂住他的眼睛："猜猜我是谁？"她手心里传来柠檬的清香，一刹那令他心旌摇曳。

他故意猜一大串女孩的芳名，她便咯咯笑着，作势打他。他从来不躲。

又比如，在傍晚夜凉的时候，她必然选靠窗的桌子自习。累了，便在窗玻璃上哈气，然后在玻璃上认真地写他的名字。他笑她孩子气，她一本正经地说："我只是练字呢。"

他比她高两届。毕业后，他到了另一个城市工作。

不是不想留在当地，可是，父母的要求，他拗不过。

很快，家里给他安排了相亲，门当户对，父母满意，他也拗不过。

好友劝他，大学里的情侣都那样，毕业就分手，谁斗得过现实呢？过了段日子，就会忘了她的，她亦会忘了他。

他信了。她还年轻，不应该被这无望的爱情所拖累。而他也还年轻，未来也许还有更美的风景。

他永远记得她泪光盈盈却强忍着不让眼泪落下来的倔强。

他结婚了。妻子比她长得更美，一张精致的脸，打扮时尚，头发烫得极有韵味。偶尔，他会想起她素面朝天、笑容宛然的清纯模样。

和她相处，并没有什么惊心动魄的记忆，可是，就那么一小簇一小簇静谧的时光，如同一杯柠檬茶般怡然清爽的时光，却这样叫人难忘。

他原以为，大学里的恋情，不过是一段插曲。后来才知道，那其实是一生。就像这每天都戒不掉的柠檬茶，会伴随他一生的时光。

曾经想赢得全世界，到最后才发现，整个世界，点点滴滴，全部都是你。

只是，年轻时，他不懂。

曾经的奢华

中学的时候，学生们总被高考的重压压得喘不过气来。

他和她是同桌，算是欢喜冤家。重压之下彼此打闹一番，倒也放松不少。

有一天下午放学，他忽然对她说："我请你去看电影吧。"看电影？她愕然。不过很快点头，谁怕谁啊。

于是，便逃了晚自习。

那天真是开心。看完电影回来，他带她去吃路边的麻辣烫。那臭豆腐串嚼在嘴里油滋滋响，羊肉串辣得妙不可言，冰水也清清爽爽……好久没这么大快朵颐过了，而价格又那么便宜，他和她都大呼过瘾。干净不干净，也懒得想了。满足了年轻的胃和心，才是最重要的。

电影什么内容忘记了，应该是东方的，因为比较含蓄，唯一的一个亲密镜头，就是男主角温柔地吻上女主角的睫毛。女主角的睫毛那么长，轻轻抖动着，像是蝴蝶的翅膀。

但就这么一个镜头，他和她，都红了脸。

夜晚，微风袭来，凉沁沁的，像是山泉一般。

他怕她冷，脱下来自己的外套，她大方地接过穿上了。她穿着他的外套，蹦蹦跳跳地在前面走着。他在后面走着，看着她的影子，嘴角忍不住微微上翘。

回到校门口，两人窘住了——已经关校门了。怎么办？进去被登记，一定要记过了。

她忽然招招手，神秘地说："跟我来！"他不明所以，跟在她身后。

居然是爬围墙。她身手敏捷，像一只灵活的小猫，攀上了墙头，胜利者一般，向他挥手："加油，爬上来吧，我拉你!"满天的星子在她身后漫成长河，而她的笑容，居然让星光也失色了。

他愣了好一会儿。终于，在她的催促声中，他云里雾里地翻过了墙。

那天夜里，他失眠了，满心都是她在星空下的笑脸。她原来这么美，为什么以前自己没发现呢?

可惜高考，他失利了。没法和她一起去北京，但记得她说喜欢海，就报了沿海一个城市。他们的节假日，大半时间，都消磨在火车上了。能看到她一眼，他便觉得，所有的辛苦都值得。

他们有过那么多快乐的日子！她坐一整晚车来看他，只为给他一个惊喜。两人手牵着手去看海，在椰风海韵中感受大海的呼吸。从夕阳西下一直看到漫天星光。他看着星光下她的脸，情不自禁地吻她——很久以前，他就想亲吻那张星空下清灵至极的笑脸了。

他长久以来的暗恋，终于浮出海面，成了明恋。他盼着这一天，太久了。

隔日他把她送回北京，再坐车回来。一路上，两人的手没有分开过。终于到了车站了，她舍不得他，踮起脚吻他。那灿黄的银杏叶漫天飞舞，他闭上眼，满心沉醉。

最终还是分开了。年轻的心啊，有太多不确定和不稳定的因素。他不怪她，亦不怪自己。命运如此安排，无可奈何。

很多年后，他终究有了自己的家庭。这时的他，为了生活奔波劳碌，早生华发，不苟言笑，妻子和孩子都有几分畏惧他。他的生活也简单，不过是公司和家里两点一线，每月工资上交给妻子，从不出去喝酒交友，每日一板一眼，简单规律。他是众人眼中的好男人，乏味到朴素的好男人。

忽然，他在杂志上，看到了这么一句话："当我们各自朴素地活着，偶尔想起，曾经为对方奢华过。"

忽然，以前那青春张扬的日子，纷至沓来。

谁没有年轻过呢？

他不动声色地把杂志合起，轻轻叹了一口气。

成为最美的回忆

高中时，男孩子的魅力指数，跟他的学业成绩是成正比的。

她就这么喜欢上了一个连续两年考试成绩稳居全校第一的男生。他并不如何帅气，但是，他蹙眉做题的认真劲儿，让十六岁小女孩的心脏能扑通扑通跳好一阵子。

可是，她那么普通，他甚至不会注意到她。

有一次他作为优秀学生代表上讲台发言时，目光甚至都没在她身上停留过，她可是坐在前排呀。这让她很是伤心了一阵。

回去揽着镜子左照右照。唉，顶多肤色好，称得上是生得干净秀气，还真是不怎么漂亮。男孩子，应该都喜欢漂亮女生吧。

她长吁短叹了一下，开始在灯下画画了。每次当她烦忧的时候，最大的乐趣便是画画。从小到大，画画拿了不少奖。可是，她从不说。有什么要说的呢，学习成绩，才是主流。

画完画，她摊开书本，开始认真做题了。心里，忽然燃起一缕烛光般的期待：如果，我变得足够美好，你会不会，喜欢上我呢？

高二下学期，她的成绩进了班级前十。高三上学期，居然到了前六。而与此同时，喜讯传来。她所画的一幅油画，荣获国际上的一项大奖，奖品从意大利寄了过来。整个学校都轰动了。活动主办方邀请她去罗马那里领奖。

与此同时，她接到学校通知，校方打算保送她去清华大学美术学院。清华大学，那不就是说，很有可能和他同校？

她忽然觉得，虽然以前微妙的小心思很美，但是，也不再如同狂风海啸一般席卷她的整个身心。他的笑容，也不再让她的心战栗如风中的一枚树叶。虽然，她还是很喜欢看他，这次出国，她还在行李里偷偷放上了他的照片。

但是，她整个心都轻松了许多。她也明白，并不是一个人足够优秀，就能让另一个人喜欢上的。这个世界，心动的理由有时是很匪夷所思的。可是，让自己优秀起来的感觉，真的很好。整颗心都满盈盈的，很踏实很有安全感，不再畏惧什么了。

她甚至期待，很多年后，如果他还是没法喜欢上她的话，她会遇到真正爱自己的男子，然后把全部的爱情交付给他。

至于青春里的那个他，就成为最美的回忆吧。

爱笑的天使

高中的时候，他们是好朋友。

她坐在他前座，是不漂亮的女孩，可是很爱笑。笑起来双眼弯弯，特别可爱。而他几乎是全校女孩心目中的白马王子。

他也喜欢逗她，故意问一些不着边际的问题："宇宙是在膨胀还是在收缩?”

她每次都是认真地想了一下：“是在膨胀吧。”

他继续问：“为什么呢?”

经常她想不出来，转过身去，扑哧一声便笑了，笑声清脆，如同轻风吹过风铃，细细碎碎洒下一些清脆的铃声。他便莫名地觉得心情很好。

黑色高三，从没见过她双眉微蹙过，总是笑吟吟的样子。他再大的压力，看到她的笑脸也会轻松许多。

也问她：“不累吗?”

她答：“怎么不累？累死我啦!”歪着头又是一笑。

“那你还这么开心?”

“不开心又能怎样，这些题就能不做了吗？还不如开心一点。”她笑嘻嘻地说。

他却一怔，尔后慢慢点头。想来，就是在那时，他忽然对她萌生好感的。这样明慧潇洒的女孩，确实不多见。

高考后，他如愿被上海一所名校录取，而她却去了大连。她说她喜欢那里的碧海沙滩。她发照片给他看，果然风景很好。她没什么变化，笑容也一如既往的灿烂。

他有些说不清楚的懊恼。原本，他以为她至少是对自己有意的，特意告诉她自己填了上海，他笃定地以为她会跟来，却没想到她转身便填了大连，还笑得这么没心没肺的样子。

他有些懊恼，但到底舍不得不理，两人一南一北，书信来往。

她快乐地写长信给他："这里的海滩真的好美。""走在这碧水蓝天下，心都醉了。只想一句话都不说，在海边坐上整整一天。"字字溢满兴奋与满足。

他也回信，不过短短一笺，语气也是淡淡的。

她也不以为意，兴高采烈地享受着自己飞扬的青春。看着她寄过来的一张张笑逐颜开的照片，他感叹，她真的是天生就会让自己开心的人，又爱玩又会玩，活力无限。

大三下学期，她突然出现在他面前，他张口结舌："你……你怎么来了？"心里却不期然窃喜。

她笑吟吟地说："到上海实习，怎么都要过来看看你嘛。"

他大失所望，又怀疑她是口是心非。同时发现，她长高了一些，晒黑了一些，瘦了一些，好看了一些——他渐渐惊讶起来，青春给她施了多么美妙的魔法，她就站在他面前，眉目间是逼人的青春气息，活力四溢，一点也不同于记忆中那个貌不惊人的小姑娘。

除了依然灿烂的笑容。

她不过在他寝室坐了坐就走了，留下一串她自己做的贝壳风铃。心思很灵巧。风吹过来，细细碎碎洒下一些音符，就像她清脆的笑声。

晚上听MP3，里面反复放着王菲的《爱笑的天使》："爱笑的天使没有翅膀，嫣然一笑就飞翔。笑容在心里，快乐在脸上，不说一句教人善良。"

他开始频繁地梦见她，梦见还是高三的时候，她坐在他前面，笑嘻嘻地说："宇宙当然是膨胀的，因为我们这个时间永远向前，不能倒流。如果是收缩的话，时间就可以倒流啦。"他正准备夸她说得对，可是恍惚间一转眼她又变成了乌发垂肩的美丽女孩，小麦色皮肤，站在蔚蓝的大海边向他调皮地一笑，转身跳入海中，游向远方……

他忽然从梦中惊醒，心中空荡荡的。

他再也忍不住了。什么谁爱谁多一点比较幸福，什么该死的爱情理论，通通见鬼去吧。现在，他只想看见她，只想她能答应和他在一起，他已经苦苦等待了四年，用沉默来捍卫自己的骄傲，等着她先来低头，先来……可是，他再也等不下去了，多爱她一点有什么不好？爱与被爱都是幸福的，有那么多可以计较的事情吗？

凌晨五点，他担心打搅她睡觉，坐着等天明。两个钟头像是足足过了两年。

他终于拿起电话。

电话里传来她的声音，明亮爽脆。他一愣："你起来了？"

她笑道："刚刚跑完步回来。有什么事儿吗？"

话又梗在了喉头，憋了半天，他忽然说："我想过来看你。"说出来，他终于松了一口气。

她却诧异："哎，真不巧，我申请到了澳洲的学校，过几天就要过去办签证了。这几天都在忙这个事情。"

他一愣："你要出国？"

她笑着说："是啊，趁年轻多出去看看，等老了就不想动了。"

他半晌没有作声。

她以为他担心她，又是扑哧一笑："你就放心吧，我和我男朋友一起去……"

男、朋、友？

他立刻问："你什么时候有的男朋友？"

她不在意地说："刚刚发生的事，还没来得及告诉你，改天赔罪啊。"

电话挂断，他颓然坐倒在地。

原来在她的世界里，他从来没有存在过。

在这场没来得及开始就结束的爱情里，他究竟做错了什么？

是太骄傲，太自信，还是太自私？

抑或都是？

雨后栀子上的水雾

少年时，他喜欢上了同桌的女孩。女孩肌肤如水，晕生双颊，很像一朵栀子花，雨后蒙着水雾的栀子花。

他还记得她的笑，笑起来双眼弯弯，像是阳光投入了一泓秋水之中，闪闪烁烁的。她从来都是喜欢笑的。"给我讲一下这道题，好不好呢？"她常常这样歪着头看着他笑，轻声软语请教他数学题，他便莫名地觉得心情很好。像是全世界的雨都淅淅沥沥地打在他心灵的草坪上。

他是公认的尖子生，老师们都认为他是考清华北大的料。因为是单亲家庭的缘故，他一向不爱说话，只勤奋读书。可是面对她，他不知心底为何如此柔软。他想，那是因为她眼里的阳光投射进了他心里的缘故吧。

她数学总是学不好，总是着急。可是他觉得她是有灵气的女孩，只是没掌握到方法。快要期末考了，她忧心忡忡。他瞧了总有些不忍。于是，他放学总是晚点走，在香樟树下等她，给她讲解数学难题。

他看着她大而深黑的眼眸，专注地听着他讲题，不觉有些走神，怔怔地看着她。

她诧异地抬起头，正遇上他的眼神。怔了一下，她扑哧一笑，红着脸，眼睛亮晶晶的。乌黑的头发柔软地披在肩上，深蓝和白色相间的衣服明媚而洁净。她就那样静静地坐在那里，长长的睫毛轻轻抖动，身上落满栀子花般的阳光。那一刻，他突然强烈地感受到青春的美好。

晚上，他睡不着，坐起看着窗外的月亮。他不知道她有没有和他一样，此刻无眠，在静静望着同一轮圆月，还有这月下清朗透明的人间。

这是他第一次喜欢一个女孩子，从未有过的柔软而幸福的感觉，每日步步如踩在云端。

他的话也渐渐多起来。她神往地跟他说起诸多名校，还有名校里的风景，比如北京大学的未名湖，武汉大学的樱花海，厦门大学的“面朝大海，春暖花开”……

我陪你去啊，把这些中国最美丽的大学都一一走遍。他想说，却没敢说出口，只是看着她的眼睛，那么亮，像是洒进了漫天的星光。

风吹乱了她的长发，他很想伸手替她掠一掠，但他还是不敢。

只是，小心翼翼地问：“你喜欢怎样的男孩？”

她又是扑哧一笑，说：“嗯，我喜欢大眼睛的男生。”

他想，他眼睛算大的吧。

很是欢喜了一阵。

整整一个夏天的黄昏，讲完题之后，他都在学校的香樟树下目送她远去。

那个夏天，如此匆匆，又如此安静、徐缓，闻着的都是香，满满的清香。那个少女黄昏中的剪影，轻盈优美。

他曾看过书里王小波写给李银河的情书：“你要是愿意，我就永远爱你，你要不愿意，我就永远相思。”但她是爱他，还是不爱他呢？他想。

女孩的心思，真是猜不透。

毕业后，她和他再没见过面。他想着她，打电话给她时，她却总是不在。她是活泼开朗的女孩，自然引人注目。很快，他收到她寄来的电子邮件，女孩盈盈的笑容，身边是一个高大英俊的男生。

原来，她不曾喜欢过他。

他心里微微一痛，关掉了电脑页面。

很多年过去了，他已不记得那少女的脸，却永远记得那初夏的黄昏中香樟树的香气，和那安宁禅意的心情。

年少的爱，如雨后栀子，蒙着水雾，新鲜且芬芳，美好且朦胧。

那一年搬家，他把老家的很多书籍信件清理了一下，却意外地发现了，中学时代他写好却没敢送出去的一封美丽的信。

当然是写给她的。他在信中写着：

你是我心底的阳光，是初冬的新雪，

你是一切的新鲜，生动，明亮。

我很希望有一天，你能伏在我的胸口，静静听着我的心跳，我的心，它在说，我爱你。

看得他也忍不住微笑起来，想起了那个如雨后栀子般的美丽女孩，想起了自己在香樟树下静静守候的心情，也想起了九把刀

《那些年，我们一起追的女孩》中的一句话："喜欢对的人，身上是会发光的哦。"

亲爱的女孩，现在，我仍会祝福你，祝福你拥有更美好的人生。

只是来不及，从头拥抱你

所有的心动，最初都是来自第一眼的惊艳。

他初见她的时候，是在大一初开学时学校校门外。那时，大一新生的她正穿着一条蓝紫色小碎花裙，举着一支牛奶雪糕。太阳明晃晃地照在她的脸上，她的眼睛眯起来，笑得很温暖。青春满得似乎要溢出来。

他的心里忽然微微动了一下。

清新灵动，他心里突然浮现了这四个字。除了这四个字，他找不出其他词来形容她。不是漂亮，而是一种……一种特别的感觉。

从此，她的影子，便时常在他脑海中浮现。她在林荫道上抱着书沉静的神情，她在跑道上小鹿般轻捷的脚步，她坐在草地上洒满星光的背影……年轻的女孩子，总是能给人异常美好的感觉，像是一束在春光中烂漫的花。

他的眼睛便是镜头，记下了她最美的瞬间。而她却浑然不觉。

其实，他们是有过接触的机会的。他和她虽然不同系不同班，但毕竟在同一校园里。可是只要看到她灿然的笑脸，他便忽然失语，紧张得手心里浸满汗水。

有一次在教室，她不知道受了什么委屈，独自一人在角落里默默抽泣，双肩一耸一耸的，很伤心。

他便悄悄走近，不知道说什么，就递给她一小盒洁净的纸巾。她抬起泪眼看到他，低声说了句："谢谢。"

她总是那么开心灿烂的样子，他不知道她为什么哭，却也没有问，就默默坐在她身边。他看见她的乌黑的长发散落在课桌上，云墨一般，美丽得令人心动。他想伸出手摸摸她的头发，安慰她，可又不敢。

她情绪渐渐平复，收了眼泪，对他笑了一笑，低声说了句"谢谢"，便走了。

他独自一人呆呆地坐在那个教室里，直到整个教学楼都熄灯了。

这是她与他最近距离的一次接触吧。

想要接近，却几次都欲言又止。怎么都找不到一个好的契机，接近她，了解她。只知道她是孤独而努力的女孩，异常刻苦地学习着，同时又因为家庭原因做着很多的兼职。她忙碌着，充实到他不忍心打搅她平静的生活。

后来他索性放弃了。远远看着又有何不可，便如欣赏一幅水墨画儿。如果有缘，他们自会以一种奇妙的方式相遇。他想着，就把一切交给命运，顺其自然吧。

结果，谁知道，大学四年的时光就是这么弹指而过。

他的目光追随了她四年，知道她恋爱了，又分手了，然后又恋爱了。毕业，她签了她男友所在城市的公司，很快要远远离开这个地方。

最终，命运并没有安排他们相遇。直到很多年之后，他忽然又想起她，想起她云墨一样的长发，想起她雨后梨花一般的哭泣。他们的交集，居然就只有那么一次。尔后，便渐行渐远，再不相遇。

后来他在书上看到一句话：什么是爱，爱是想碰触又缩回手。他便合上那本书，半晌无言。他已经历经沧桑，想起少年情事，心中不由得满是一片清凉的温暖。

后　记

我少年时迷上素描。一支铅笔急速在纸面上滑动，明明暗暗，就能旋转出光影的轮廓来，很立体，像黑白电影。

2007年我去武汉大学看樱花。春日的下午，樱花如云霞一般绚烂，风一吹，便雪一般纷纷扬扬。却发现校园的一角，樱花树下，一个少年正在支起画板，笔尖灵活地在纸面上舞蹈。在他对面，是一个年轻的女孩子，肌肤雪白，明眸如水，气质很是清纯。我悄悄走近去看，竟看呆了。是那样灵气横溢的一支笔，渐渐勾画出少女清灵的眉眼，还有她嫣然的笑靥。只觉在看一场魔术。

风不知什么时候已经停歇了。粉色的樱花安静坠落在我身边。还记得那少年专注的眼神，少女浅笑的梨涡。她最美的笑容，凝注在他的笔下。这样的场景，这样的素描，让人感觉，比那如云如雪的樱花，更加如梦似幻。

我并没有惊动他们，悄悄离去。不知道他们之间，会有怎样美丽的故事，有着怎样浪漫的青春。或许，每个人的青春，都是一首唱不完的歌，一幅画不完的淡色素描。没有任何华丽的修饰，可是竟能这样，令人的心，怦然而动。青春，应该就是这样，淡色，却动人。

后来我去过海南三亚和上海浦东。海边沙滩上，黄浦江畔，也有人支起画板画画。三十元一幅，用笔极其熟练，却无丝毫灵气。我想起了樱花树下的那个少年的素描，他是用青春、用一颗初恋的心在画。或许这些以画画为生的人，技巧在那少年之上，却远远不如那少年的画令人心动。

却又不禁想起，一个遥远的春日的下午，正值年少，阳光和煦温淡，我静静地坐在校园的小湖边，身边是初初心动的人，那时还并不熟稔，却是满心无可言说的快乐与欢喜。

威尔·史密斯主演的《全民情敌》中说：生命的质量不在于长短，而在于那些让你的心怦然而动的瞬间。这句话使我醍醐灌顶。正是那些怦然而动的瞬间，让整个生命如此生动、鲜活、熠熠生辉。

年少的时候喜欢上一个人，喜欢得像是整个青春只有他。他的微笑，他的温和，他白色衬衣的领口……漫长的青春，回忆铺天盖地，纵使想着也是幸福。如同青春从未逝去，你我仍然年轻。

那么多年过去了，年少时心动过的那个人，仍然还在身边。时光已把爱情沉淀得如同琥珀，隔着岁月遥望那些年轻时的日子。青春透明如醇酒，可掬，可饮，可醺然如醉。

林徽因之于爱情这样说："如同两个人透彻地了解，一句话打到你心里，使得你理智和情感全觉得一万万分满足；如同相爱：在一个时候里，你同你自身以外另一个人互相以彼此存在为极端的幸福；如同恋爱：在那时那刻，眼所见，耳所听，心所触，无所不是美丽，情感如诗歌自然地流动，如花香那样不知其所以。”这些话如同天抹微云，浅浅几语，却写尽了静静相恋的淡淡欢喜。

那个遥远的春日下午，两人静静坐着，不说什么话儿。那个场景，却是自己心底极珍贵的一幅淡色素描。直到岁月为那幅淡色的青春沉淀了古旧的画框，也会一直在心底，淡淡存在，轻轻叫嚣。